阅读之前 没有真相

午夜文库

阿加莎·克里斯蒂

马普尔小姐系列

阿加莎·克里斯蒂
Agatha Christie (1890—1976)

无可争议的侦探小说女王，侦探文学史上最伟大的作家之一。

阿加莎·克里斯蒂原名为阿加莎·玛丽·克拉丽莎·米勒，一八九〇年九月十五日生于英国德文郡托基的阿什菲尔德宅邸。她几乎没有接受过正规的教育，但酷爱阅读，尤其痴迷于歇洛克·福尔摩斯的故事。

第一次世界大战期间，阿加莎·克里斯蒂成了一名志愿者。战争结束后，她创作了自己的第一部侦探小说《斯泰尔斯庄园奇案》。几经周折，作品于一九二〇年正式出版，由此开启了克里斯蒂辉煌的创作生涯。一九二六年，《罗杰疑案》由哈珀柯林斯出版公司出版。这部作品一举奠定了阿加莎·克里斯蒂在侦探文学领域不可撼动的地位。之后，她又陆续出版了《东方快车谋杀案》《ABC谋杀案》《尼罗河上的惨案》《无人生还》《阳光下的罪恶》等脍炙人口的作品。时至今日，这些作品依然是世界侦探文学宝库里最宝贵的财富。根据她的小说改编而成的舞台剧《捕鼠器》，已经成为世界上公演场次最多的剧目；而在影视改编方面，《东方快车谋杀案》为英格丽·褒曼斩获奥斯卡大奖,《尼罗河上的惨案》更是成为几代人心目中的经典。

　　阿加莎·克里斯蒂的创作生涯持续了五十余年,总共创作了八十余部侦探小说。她的作品畅销全世界一百多个国家和地区,累计销量已经突破二十亿册。她创造的小胡子侦探波洛和老处女侦探马普尔小姐为读者津津乐道。阿加莎·克里斯蒂是柯南·道尔之后最伟大的侦探小说作家,是侦探文学黄金时代的开创者和集大成者。一九七一年,英国女王授予克里斯蒂爵士称号,以表彰其不朽的贡献。

　　一九七六年一月十二日,阿加莎·克里斯蒂逝世于英国牛津郡沃灵福德家中,被安葬于牛津郡的圣玛丽教堂墓园,享年八十五岁。

阿加莎·克里斯蒂 侦探作品年表

波洛系列

1920　The Mysterious Affair at Styles《斯泰尔斯庄园奇案》
1923　Murder on the Links《高尔夫球场命案》
1924　Poirot Investigates《首相绑架案》
1926　The Murder of Roger Ackroyd《罗杰疑案》
1927　The Big Four《四魔头》
1928　The Mystery of the Blue Train《蓝色列车之谜》
1932　Peril at End House《悬崖山庄奇案》
1933　Lord Edgware Dies《人性记录》
1934　Murder on the Orient Express《东方快车谋杀案》
1935　Three-Act Tragedy《三幕悲剧》
1935　Death in the Clouds《云中命案》
1936　The ABC Murders《ABC谋杀案》
1936　Murder in Mesopotamia《古墓之谜》
1936　Cards on the Table《底牌》
1937　Dumb Witness《沉默的证人》
1937　Death on the Nile《尼罗河上的惨案》
1937　Murder in the Mews《幽巷谋杀案》
1938　Appointment with Death《死亡约会》
1938　Hercule Poirot's Christmas《波洛圣诞探案记》
1940　Sad Cypress《H庄园的午餐》
1940　One, Two, Buckle My Shoe《牙医谋杀案》
1941　Evil Under the Sun《阳光下的罪恶》
1943　Five Little Pigs《五只小猪》
1946　The Hollow《空幻之屋》
1947　The Labours of Hercules《赫尔克里·波洛的丰功伟绩》
1948　Taken at the Flood《顺水推舟》
1952　Mrs. McGinty's Dead《清洁女工之死》
1953　After the Funeral《葬礼之后》
1955　Hickory Dickory Dock《山核桃大街谋杀案》
1956　Dead Man's Folly《弄假成真》
1959　Cat Among the Pigeons《鸽群中的猫》
1960　The Adventure of the Christmas Pudding《雪地上的女尸》

阿加莎·克里斯蒂 侦探作品年表

1963　The Clocks《怪钟疑案》
1966　Third Girl《第三个女郎》
1969　Hallowe'en Party《万圣节前夜的谋杀》
1972　Elephants Can Remember《大象的证词》
1974　Poirot's Early Cases《蒙面女人》
1975　Curtain—Poirot's Last Case《帷幕》

马普尔小姐系列

1930　The Murder at the Vicarage《寓所谜案》
1932　The Thirteen Problems《死亡草》
1942　The Body in the Library《藏书室女尸之谜》
1943　The Moving Finger《魔手》
1950　A Murder Is Announced《谋杀启事》
1952　They Do It with Mirrors《借镜杀人》
1953　A Pocket Full of Rye《黑麦奇案》
1957　4.50 from Paddington《命案目睹记》
1962　The Mirror Crack'd from Side to side《破镜谋杀案》
1964　A Caribbean Mystery《加勒比海之谜》
1965　At Bertram's Hotel《伯特伦旅馆》
1971　Nemesis《复仇女神》
1976　Sleeping Murder《沉睡谋杀案》
1979　Miss Marple's Final Cases《马普尔小姐最后的案件》

其他系列及非系列

1922　The Secret Adversary《暗藏杀机》
1924　The Man in the Brown Suit《褐衣男子》
1925　The Secret of Chimneys《烟囱别墅之谜》
1929　Partners in Crime《犯罪团伙》
1929　The Seven Dials Mystery《七面钟之谜》
1930　The Mysterious Mr. Quin《神秘的奎因先生》
1931　The Sittaford Mystery《斯塔福特疑案》
1933　The Witness for the Prosecution and Other Stories《控方证人》
1934　Why Didn't They Ask Evans?《悬崖上的谋杀》

阿加莎·克里斯蒂 侦探作品年表

1934　The Listerdale Mystery《金色的机遇》
1934　Parker Pyne Investigates《惊险的浪漫》
1939　Murder Is Easy《逆我者亡》
1939　And Then There Were None《无人生还》
1941　N or M?《桑苏西来客》
1944　Towards Zero《零点》
1945　Sparkling Cyanide《闪光的氰化物》
1945　Death Comes as the End《死亡终局》
1949　Crooked House《怪屋》
1950　Three Blind Mice and Other Stories《三只瞎老鼠》
1951　They Came to Baghdad《他们来到巴格达》
1954　Destination Unknown《地狱之旅》
1958　Ordeal by Innocence《奉命谋杀》
1961　The Pale Horse《灰马酒店》
1967　Endless Night《长夜》
1968　By the Pricking of My Thumbs《煦阳岭的疑云》
1970　Passenger to Frankfurt《天涯过客》
1973　Postern of Fate《命运之门》
1991　Problem at Pollensa Bay《神秘的第三者》
1997　While the Light Lasts《灯火阑珊》

出版前言

纵观世界侦探文学一百七十余年的历史,如果说有谁已经超脱了这一类型文学的类型化束缚,恐怕我们只能想起两个名字——一个是虚构的人物歇洛克·福尔摩斯,而另一个便是真实的作家阿加莎·克里斯蒂。

阿加莎·克里斯蒂以她个人独特的魅力创造着侦探文学史上无数的传奇:她的创作生涯长达五十余年,一生撰写了八十余部侦探小说;她开创了侦探小说史上最著名的"黄金时代";她让阅读从贵族走入家庭,渗透到每个人的生活中;她的作品被翻译成一百多种文字,畅销全球一百五十余个国家,作品销量与《圣经》《莎士比亚戏剧集》同列世界畅销书前三名;她的《罗杰疑案》《无人生还》《东方快车谋杀案》《尼罗河上的惨案》都是侦探小说史上的经典,她是侦探小说女王,因在侦探小说领域的独特贡献而被册封为爵士;她是侦探小说的符号和象征。她本身就是传奇。沏一杯红茶,配一张躺椅,在暖暖的阳光下读阿加莎的小说是一种生活方式,是惬意的享受,也是一种态度。

午夜文库成立之初就试图引进阿加莎的作品,但几次都与版权擦肩而过。随着午夜文库的专业化和影响力日益增强,阿加莎·克里斯蒂的版权继承人和哈珀柯林斯出版公司主动要求将版权独家授予新星出版社,并将阿加莎系列侦探小说并入午夜文库。这是对我们长期以来执着于侦探小说出版的褒奖,是对我们的信任与鼓励,更是一种压力和责任。

新版阿加莎·克里斯蒂作品由专业的侦探小说翻译家以最权威的英文版本为底本,全新翻译,并加入双语作品年表和阿加莎·克里斯蒂家族独家授权的照片、手稿等资料,力求全景展现"侦探女王"的风采与魅力。使读者不仅欣赏到作家的巧妙构思、离奇桥段和睿智语言,而且能体味到浓郁的英伦风情。

阿加莎作品的出版是一项系统工程,规模庞大,我们将努力使之臻于完美。或存在疏漏之处,欢迎方家指正。

新星出版社
午夜文库编辑部

Agatha Christie

Over the next few years, we plan to celebrate two very important Agatha Christie anniversaries. In 2015, it is the 125th anniversary of her birth in Torquay, South Devon, England, and in 2020 it will be 100 years after her first book, THE MYSTERIOUS AFFAIR AT STYLES, featuring her famous detective, Hercule Poirot, was published. This is therefore a very appropriate moment to publish a new edition of her works, and I am delighted that HarperCollins has chosen to work with New Star on these new editions. New Star is China's top crime publisher, and has a strong and dedicated editorial staff and a continued passion for Agatha Christie, making them the ideal partner. It is the right time to make these classic books available in modern translations and so to bring Agatha Christie's books anew to her many fans in China, giving them a new reason to re-read these much-loved stories, as well as introducing them to a whole new audience. How delighted Agatha Christie would have been that her stories (as she called them) are still giving so much pleasure to so many people all over the world!

I think there are two very remarkable things about Agatha Christie's stories. The first is that they are so adaptable. It doesn't really matter which language they appear in, the stories and the plots still give the same thrill, still provide the same puzzles, and the characters still have the same attraction. Readers in China will I am sure enjoy Hercule Poirot and Miss Marple just as much as we do in England, and readers in China will still be transfixed by the surprises and horrors of AND THEN THERE WERE NONE, one of the great classics of 20th century detective fiction, as we are here.

Agatha Christie

The second is that the stories give a wonderful picture of England, particularly rural England, at the time Agatha Christie lived. She wrote books from 1920 until 1970 but it is sometimes hard to tell which part of her life each book was written in. Her characters and the life they lived were very much the same. The life we all live is changing very quickly these days but the Agatha Christie world stays the same. Perhaps the Miss Marple stories provide the best example of this, and in some ways THE BODY IN THE LIBRARY and NEMESIS are quite similar, despite the fact that thirty years elapsed between the time they were written.

Perhaps I might end by mentioning three Agatha Christies (other than the ones mentioned above) which I think demonstrate why she is so popular, even in the twenty-first century. The first is MURDER ON THE ORIENT EXPRESS, one of the most famous with one of the most ingenious and human plots. Read this on one of your long train journeys in China! Next is A MURDER IS ANNOUNCED, a Miss Marple which was her 50th book. It has my favourite murderer in it! And last is ENDLESS NIGHT a story about evil and how it affects three young people, written at the time when I knew her best, and understood how deeply she cared and sympathised with young people and the world they lived in.

Whichever are your favourites I hope you enjoy these stories that New Star are introducing to you again. I think it is a great publishing event.

Mathew
Grandson of Agatha Christie
Chairman of Agatha Christie Ltd

致中国读者

(午夜文库版阿加莎·克里斯蒂作品集序)

在未来的几年中,我们将要筹备两个非常重要的关于阿加莎·克里斯蒂的纪念日。二〇一五年是她的一百二十五岁生日——她于一八九〇年出生于英国的托基市,二〇二〇年则是她的处女作《斯泰尔斯庄园奇案》问世一百周年的日子,她笔下最著名的侦探赫尔克里·波洛就是在这本书中首次登场。因此,新星出版社为中国读者们推出全新版本的克里斯蒂作品正是恰逢其时,而且我很高兴哈珀柯林斯选择了新星来出版这一全新版本。新星出版社是中国最好的侦探小说出版机构,拥有强大而且专业的编辑团队,并且对阿加莎·克里斯蒂的作品极有热情,这使得他们成为我们最理想的合作伙伴。如今正是一个良机,可以将这些经典作品重新翻译为更现代、更权威的版本,带给她的中国书迷,让大家有理由重温这些备受喜爱的故事,同时也可以将它们介绍给新的读者。如果阿加莎·克里斯蒂知道她的小故事们(她这样称呼自己的这些作品)仍然能给世界上这么多人带来如此巨大的阅读享受,该有多么高兴啊!

我认为阿加莎·克里斯蒂的作品有两个非常重要的特征。首先它们是非常易于理解的。无论以哪种语言呈现,故事和情节都同样惊险刺激,呈现给读者的谜团都同样精彩,而书中人物的魅力也丝毫不受影响。我完全可以肯定,中国的读者能够像我们英国人一样充分享受赫尔克里·波洛和马普尔小姐带来的乐趣;中国读者也会和我们一样，读到二十世纪最伟大的侦探经典作品——比如《无人生还》——的时候，被震惊和恐惧牢牢钉在原地。

第二个特征是这些故事给我们展开了一幅英格兰的精彩画卷，特别是阿加莎·克里斯蒂那个年代的英国乡村。她的作品写于二十世纪二十年代至七十年代间，不过有时候很难说清楚每一本书是在她人生中的哪一段日子里写下的。她笔下的人物，以及他们的生活，多多少少都有些相似。如今，我们的生活瞬息万变，但"阿加莎·克里斯蒂的世界"依旧永恒。也许马普尔小姐的故事提供了最好的范例：《藏书室女尸之谜》与《复仇女神》看起来颇为相似，但实际上它们的创作年代竟然相差了三十年。

最后，我想提三本书，在我心目中（除了上面提过的几本之外）这几本最能说明克里斯蒂为什么能够一直受到大家的喜爱。首先是《东方快车谋杀案》，最著名，也是最机智巧妙、最有人性的一本。当你在中国乘火车长途旅行时，不妨拿出来读读吧！第二本是《谋杀启事》，一个马普尔小姐系列的故事，也是克里斯蒂的第五十本著作。这本书里的诡计是我个人最喜欢的。最后是《长夜》，一个关于邪恶如何影响三个年轻人生活的故事。这本书的写作时间正是我最了解她的时候。我能体会到她对年轻人以及他们生活的世界关心至深。

现在新星出版社重新将这些故事奉献给了读者。无论你最爱的是哪一本，我都希望你能感受到这份快乐。我相信这是出版界的一件盛事。

阿加莎·克里斯蒂外孙

阿加莎·克里斯蒂有限责任公司董事长

马修·普理查德

二〇一三年二月二十日

阿加莎·克里斯蒂侦探小说全集⑯

魔手
The Moving Finger

Agatha Christie

[英] 阿加莎·克里斯蒂 著
程星星 译

新 星 出 版 社　NEW STAR PRESS

第一章

1

我已经厌烦了被医生们随心所欲地想推到哪儿就推到哪儿，厌烦了护士们连哄带骗地让我活动时要小心四肢，更厌烦了他们跟我谈话时的幼儿用语。终于可以拆石膏了，这时马库斯·肯特说，我将搬到乡下去住。

我没有问我是否还能再飞。有的问题你不应该问，因为你害怕答案。同样，在过去的五个月里，我也从未问过我下半生是否都无法再站起来。我害怕妹妹会假装乐观地向我保证："好了！怎么会问这种问题！我们可不允许病人这样说话。"

于是我没有问——看起来一切都平静而正常。我不会变成一个毫无用处的残废。我的腿能动，我能依靠它们站起来，还能走几步——虽然我觉得自己像个蹒跚学步的婴儿，双膝颤抖，脚底还要垫上棉毛鞋垫，不过这只是因为身体虚弱、使不上劲——会好起来的。

马库斯·肯特真是贴心的医生，他回答了我没问出口的问题。

"你会完全康复的，"他说，"上周二给你做最终的全面检查之前我们对此还不能十分确定，但现在我可以非常权威地告诉你这个结论。不过，这会是个漫长的过程。漫长，而且，如果一定要我说的话——枯燥。在涉及神经和肌肉治疗时，人脑必须助身体一臂之力。缺乏耐心、烦躁都会让你前功尽弃。无论在什么样的情况下，都不能有诸如'想快点好起来'之类的想法，那会让你再度回到疗养院。你的生活一定要缓慢而放松，要掌握好流畅舒缓的节奏。不仅你的身体需要康复，你的神经在长时间药物的作用下也已经变得十分脆弱。

"因此我才会建议你到乡下去，找一幢房子住下来，闲来打听一下当地的政事、丑闻，以及村里的八卦。你必须对邻里之间的家长里短充满好奇，四处打听。还有，我建议你去一个没有什么朋友的地方。"

我点点头说："我已经想到这一点了。"

我想，再没有什么比自己的一帮狐朋狗友带着同情心、各怀目的来看望你更让人难以忍受的了。

"不过，杰里，你看上去真不错，是不是？绝对是。亲爱的，我得告诉你——你觉得巴斯特尔现在在干什么？"

不，我不想知道。狗都很聪明，它们会爬到某个安静的角落自己舔伤口，直到伤口完全愈合，才会重回世界。

于是，我和乔安娜将房产经纪人提供的遍布大不列颠的各种房产进行了一番疯狂的查阅，最后认为林姆斯托克的小弗兹是一处可以列入考虑的房产。选中它只是因为我们从未去过林姆斯托克，不认识那里的任何一个人。

乔安娜一看到小弗兹便立刻决定了：这就是我们需要的房子。

这所房子坐落于林姆斯托克郊外通往荒原的路上约半英里处。它是一座低矮整洁的白色小屋，有一个被刷成浅绿色的维多利亚式斜坡阳台。阳台上风景很美，可以看到石楠遍野的山坡，还有左边林姆斯托克镇教堂的塔尖。

这所房子属于几个老姑娘——巴顿姐妹,不过这个家族目前健在的只有一位了,即年纪最小的艾米丽小姐。

艾米丽·巴顿小姐是位充满魅力的老太太,与她的房子简直是绝配。她用温柔而带着歉意的声音向乔安娜解释,说之前从没有出租过自己的房子,也从来没想过会这么做。"不过,你知道,亲爱的,今时不同往日了。税就不用说了,我原以为股票和债券会比较安全,说起来有的还是银行经理亲自推荐给我的呢,可这些现在也没什么收益——当然,还有外汇!这些事让一切都变得那么艰难。没有人——我想你能理解,亲爱的,不会生气,你看起来那么善良——会愿意把自己的房子租给陌生人,不过总得采取点什么方法,而且,说真的,一开始我不是很乐意让你住下来。你知道,这所房子需要年轻的生命。不过我得承认,刚听到有男人来住,我还真想改主意呢!"

说到这里,乔安娜不得不把我的情况告诉了她。艾米丽小姐表现得很镇定。

"哦,亲爱的,我明白了。太不幸了!飞行事故对吧?真勇敢,这些年轻人!那么,你哥哥其实有可能会成为残疾……"

这个想法似乎让温和的老太太感到些许宽慰。这种情况下我应该不会沉迷于艾米丽·巴顿小姐所害怕的那些粗俗男人的活动。她又谨慎地问我是否抽烟。

"简直就像个烟囱,"乔安娜说,"不过,"她同时指出,"我也一样。"

"当然,当然。我真是太蠢了。你知道,我恐怕早就落伍了。姐姐们都比我大,我亲爱的母亲活到九十七岁——想想看!太不寻常了。是的,是的,现在人人都抽烟。只是,这房子里没有烟灰缸。"

乔安娜说我们会带很多烟灰缸来,又微笑着补充了一句:"我们不会把烟头放在您漂亮的家具上,这一点我向您保证。再没有什么比看到人家那么做更让我发疯的了。"

于是就这么定了下来——我们将租住小弗兹六个月,需要的话可以续三个月。艾米丽·巴顿对乔安娜解释说她自己也会住得很舒服,因为她会搬到女仆为她保留的屋子里去。艾米丽称她为"我忠诚的弗洛伦丝",她在"跟我们一起十五年后嫁了人。多好的姑娘啊,丈夫是做建筑行业的。现在他们在高街有幢很漂亮的房子,顶层有两间漂亮的房间,我在那里会很舒适,弗洛伦丝也很愿意让我住下。"

看起来一切都令人满意,双方签了合同。到了约定日子,我和乔安娜便搬来了。艾米丽·巴顿小姐的女仆帕特里奇愿意留下,每天早上还有一个姑娘会过来帮忙,这姑娘有点愚钝,不过很讨人喜欢。总之,我们被照顾得很好。

帕特里奇是个骨瘦如柴、面色阴沉的中年妇女,厨艺高超。尽管不赞成晚餐太丰盛(艾米丽小姐的晚餐通常只吃一个煮鸡蛋),然而她还是迁就了我们的习惯,甚至说她能看出来我需要恢复体力。

我们搬入小弗兹一个星期的时候,艾米丽·巴顿正式来访并且留下了名片。继她之后,律师妻子辛明顿夫人、医生的姐姐格里菲思小姐、牧师妻子丹·凯索普夫人和教区的派伊先生也相继来访。

乔安娜很是震惊。

"我从来都不知道,"她敬畏地说,"真的会有人带着名片来拜访。"

"我的孩子,那是因为,"我说,"你对乡下一无所知。"

"胡说,我一到周末就跑出去的。"

"那完全不同。"我说。

我比乔安娜大五岁。我还能记得小时候我们住过的那个破旧脏乱的白色大房子,周围是通到河边的田野。我也记得我趁园丁不注意,悄悄钻到盖着蔗莓秆的网下面,以及从马厩院子里飘来的白色尘土的气味,有一只橘黄色的猫会跑着穿过院子,马厩里传来马蹄踢东西的声音。

不过在我七岁、乔安娜两岁时,我们就搬到了伦敦,和一个姨母同住。从那以后,我们的圣诞节和感恩节都是在那里的哑剧剧场、戏院和电影院度过的,有时还会到肯辛顿花园划船,后来还去过溜冰场。八月,我们就被带着到某个海滨旅馆度假。

想到这些,我意识到自己变成了一个自私、以自我为中心的残废,心里满是懊悔。我关切地对乔安娜说:

"恐怕接下来的日子对你来说会变得非常可怕。你会想念一切的。"

乔安娜漂亮、活跃,喜欢跳舞、喝鸡尾酒,热衷于谈恋爱,喜欢开着大马力的车四处狂奔。

乔安娜大笑起来,说她根本不在乎。

"实际上,我很高兴能摆脱那一切。那帮人真让我烦透了,虽然你可能不会同情我,但我真是被保罗伤透了心。我想得很长时间才能恢复。"

对此我表示怀疑。乔安娜每次恋爱的模式都差不多。她疯狂地迷恋上某个被误认为是天才的郁郁寡欢的青年,倾听他无休止的牢骚和抱怨,并竭尽全力让他得到认可。然后,当那个青年忘恩负义时,她就深深地受到伤害,说自己心碎了——如此这般,直到下一个忧郁青年出现,再开始一次新的恋情,而这一切通常是在三个星期之后!

所以听乔安娜说她伤透了心,我并没有当回事。不过我确实看出来乡下生活对我这富于魅力的妹妹来说就像一场新游戏。

"不管怎么说,"她说,"我看起来挺不错的,对吧?"

我挑剔地将她上下打量了一番,实在不敢苟同。

乔安娜穿着一身米罗汀的定制运动装——这意味着大胆暴露的裙子和荒谬的格子花纹。衣服很紧,上半身是一件滑稽的短袖运动衫,腿上是真丝长袜,脚蹬一双粗革皮鞋,不过是簇新的。

"不,"我说,"你完全错了,应该穿一条很旧的苏格兰裙,最好是暗绿色或者褪了色的棕色;再配上羊毛上衣,也许宽松的羊毛外套也行,再戴上毛毡帽,穿上厚长袜和粗革皮鞋。只有这样,你才能和林姆斯托克的高街融为一体,而不是像现在这样突兀。不过你的脸完全不对。"

"我的脸怎么了?我用的是乡村褐色二号系列。"

"原因就在这里,"我说,"如果你一直住在林姆斯托克,就该只扑一点粉,遮住鼻子上的油光,也许再抹点口红,很随意地抹一点,而且眉型也应较为完整,而不是只留四分之一。"

乔安娜大笑起来,似乎觉得很有趣。

"你认为他们觉得我看起来很糟糕吗?"她问道。

"不,"我说,"只是比较奇怪。"

乔安娜又研究了来拜访的人留下的名片。只有牧师最走运——或者说最不走运——来拜访时乔安娜正好在家。

"似乎都是很快乐的家族,是不是?律师的妻子、医生的姐姐,等等。"她又充满热情地补充道,"这真是个好地方,杰里!这么温馨、有趣、古老。我想象不出这里会发生什么令人厌恶的事,你觉得呢?"

虽然我知道她是信口开河,但也表示同意。在林姆斯托克这样的地方,不会发生什么令人厌恶的事。当时实在很难想象,仅仅一个星期后,我们就收到了第一封信。

2

我知道这个故事开头讲得很不好。我没有对林姆斯托克进行任何描述,也没有说明白这个镇子究竟是什么样子,这样你们会很难看懂我的故事。

首先,林姆斯托克的现状与过去有着千丝万缕的关系。诺曼底征服时期,林姆斯托克是一个重要的据点。它的重要性主要体现在宗教上。那里有一座小教堂,历任牧师都野心勃勃、手段强硬。附近乡镇的贵族还捐赠了一些土地,作为自己与上帝交好的方式。多少个世纪以来,林姆斯托克小教堂一直富有、地位重要且势力强大。后来,亨利八世要求它将财产拿出来分享。于是,它的一座城堡被捐给了镇子。不过,它依然重要,依然享受权力、特权和财富。

再后来,十七世纪的某个时候,进步的浪潮将林姆斯托克推到了一潭死水之中。城堡崩塌了。没有一条铁路或者主要公路经过林姆斯托克附近。它变成了一座地方集镇,后面是一大片沼泽,周围是平静的农田,于是这里变得既不重要,也很少被人想起。

这里每周会有一次市集,走在小路和主路上都会遇到牲口。每年还会举行两次赛马会,来参加的只有最次的马。镇子上的高街很漂亮,上面坐落着庄严的房子。房子的后部方正,与一楼窗户里摆放的面包或蔬菜显得不太协调。街上有一家落伍的布店，一家大而傲慢的铁器店，一家自命不凡的邮局，一排不知道卖什么东西的老旧小商店，两家互为竞争对手的肉铺，还有一家国际商店。街上有一家诊所，一家律师事务所——加尔布雷思，加尔布雷思和辛明顿，一座漂亮、大得出人意料的教堂，其历史可以追溯到一四二〇年代，里面还保存着一些撒克逊时代的遗迹；除此之外，还有一所极其难看的学校和两家酒吧。

这就是林姆斯托克。在艾米莉·巴顿的催促下，所有来拜访我们的人都带来了一副手套和看起来应该是天鹅绒，但其实根本没法戴的贝雷帽，没过多久，乔安娜就把它们还了回去。

对我们而言，一切都那么新鲜有趣。我们不会在这里生活一辈子。这段生活对我们来说，就像一段插曲。我打算听从医生的建议，好好关注一下我们的邻居。

乔安娜和我发现这真是太有意思了。

马库斯·肯特的建议是闲来无事时就打听一下邻里间的丑闻。我当然没有想过这种丑闻会如何引起我的注意。

整件事情最奇怪的部分是那封信。它被送来的时候，我和乔安娜觉得非常滑稽。

我记得，信是早餐时送来的。我慢慢地将它翻过来——就像任何一个觉得时间过得很慢，做任何事情都慢条斯理的人一样不慌不忙。我看到，信是从本地寄出的，地址是用打字机打出来的。

那天还有两封盖着伦敦邮戳的信，一封显然是账单，另一封上面是我那个无聊堂兄的笔迹。于是我先拆开了这一封。

信是用剪下来的印刷字贴在一张白纸上拼成的。我盯着这些单词看了一两分钟，一时没明白过来。然后我倒抽了一口气。

乔安娜正对着账单皱眉,这时也抬起头来。

"嗨,"乔安娜问,"那是什么?你似乎吓了一跳。"

在那封信中,写信者用最粗鄙的字眼,表示不相信我和乔安娜是兄妹。

"一封无耻至极的匿名信。"我说。

我还处在震惊之中,怎么也没想到林姆斯托克这种宁静偏僻的地方居然会发生这样的事。

乔安娜立刻表现出深厚的兴趣。

"哦?说什么了?"

我注意到,小说里写到恶毒无耻的匿名信时,总是尽量不让女人看到。这意味着应该尽一切努力不让女人受到这种惊吓,因为她们的神经太柔弱了。

很遗憾,我完全没有想到不要让乔安娜看到。我立刻把信递给了她。

结果证明我的想法是错的,乔安娜很坚强,看了信之后无动于衷,只是觉得很有趣。

"太无耻了!我常听人说起匿名信,可还没亲眼看过。它们都是这样的吗?"

"不知道,"我说,"我也是第一次遇到。"

乔安娜咯咯地笑了起来。

"你对我化妆的看法肯定是对的,杰里。我估计他们大概认定我是个被抛弃的女人。"

"而且,"我说,"我们的父亲高子很高、皮肤黝黑、下巴突出,母亲则金发碧眼、身材娇小。我像父亲,你却像母亲。"

乔安娜若有所思地点点头。

"是的,我们两个一点都不像,没人会觉得我们是兄妹。"

"有人确实不这样想。"我也有同感。

乔安娜说她觉得这件事非常可笑。

她若有所思地卷起信纸的一角,问我该拿它怎么办。

"我觉得最好的方法是,"我说,"极其厌恶地将它扔进壁炉。"

我说完就把信扔了进去,乔安娜鼓起掌来。

"干得好,"她说,"你应该去当演员的。幸好我们还有壁炉,对不对?"

"扔进废纸篓的效果可就差多了,"我表示同意,"当然,我也可以划根火柴,看着它慢慢烧掉。"

"你希望东西烧掉的时候它往往就是烧不掉,"乔安娜说,"火总是会灭。你可能得一根接一根地划火柴。"

她站起来走向窗户,站在那里,忽然转过头来。

"我在想,"她说,"这是谁写的?"

"我们永远也不会知道。"我说。

"是的,我想是这样,"她沉默了一会儿,然后又说,"我还是觉得这事很滑稽。你知道,我以为他们——他们喜欢我们住在这里。"

"他们是喜欢的,"我说,"这肯定是哪个住在镇子边缘、脑筋有些不正常的人写的。"

"我想是吧。哦,真恶心!"

她走到屋外的阳光下,我一边抽着饭后烟一边想,她说得对。这事令人恶心。有人讨厌我们住到这里来,有人忌妒乔安娜的年轻成熟和活泼美丽,有人在恶意中伤我们。一笑了之或许是最好的应对方式,不过内心里我并不觉得这事很滑稽……

那天早上,格里菲斯医生来了。我约了他每周给我做一次全面检查。我喜欢欧文·格里菲斯。他皮肤黝黑,体态笨拙,行动有点迟缓，但双手十分灵巧。他说话语速很快，还有点害羞。

他说我的恢复状况良好，然后又补充道：

"你感觉还好，对吧？是我的错觉，还是你确实受到今天早上天气的影响了？"

"不是的，"我说，"是今天早餐喝咖啡的时候，我收到一封卑鄙下流的匿名信，现在想来还觉得恶心。"

他手里的袋子掉在地板上，瘦削黝黑的脸兴奋起来。

"你是说，你也收到了匿名信？"

我开始有兴趣了。

"这么说，还有其他人也收到匿名信了？"

"嗯，这事有一段时间了。"

"哦，"我说，"我明白了，我还以为我们是初来乍到的陌生人，所以不受当地人欢迎。"

"不，不，跟这个毫无关系，这只是——"他停了下来，然后又问，"信上说了什么？至少——"他的脸忽然红了，尴尬地说："也许我不应该问？"

"我很愿意告诉你，"我说，"信里说和我一起搬来的漂亮女孩不是我妹妹——哦！远远不止，我得说，它其实表达的是非常有伤风化的意思。"

他黝黑的脸由于生气而变得通红。

"真是无耻！你的妹妹——我希望——没有因此感到不安吧？"

"乔安娜看上去有点像圣诞树上的小天使，"我说，"但她其实很新派，很坚强。她觉得这件事非常有意思。她从没遇到过这种事。"

"我真希望她永远不要遇到。"格里菲斯亲切地说。

"无论如何，"我坚决地说，"我想这是最好的处理方式，这实在是太可笑了。"

"是的，"欧文·格里菲斯说，"不过——"

"确实，"我说，"关键就是这个'不过'！"

"问题是，"他说，"这种事情一旦开始，往往就会愈演愈烈。"

"我能想象。"

"当然，这是一种变态心理。"

我点点头。"你能想到可能是谁干的？"我问。

"希望我能知道。你看，出现匿名信这种令人厌恶的东西，往往有两个原因。要么是专门针对某个人或某类人的，也就是说是有动机的，写信者心怀怨恨（或者他们自己认为是这样），于是便采取了这种见不得光的卑劣手段去发泄。虽然这种行为卑鄙可耻，但写信者不一定心理扭曲，通常也比较容易被查出来——被解雇的仆人、妒火中烧的女人，等等。但是如果信的内容是泛泛而谈，而不是特别针对某个人，那么就是比较严重的一种情况了。如果信是随机寄出的，写信者的目的只是发泄不满和失意。正如我刚才说的，这显然是一种病态的表现，而且这种表现会有增无减。当然，写信者最终肯定会被查出来——多半是人们觉得最没有可能的人，事情就是这样。去年，这个郡的另外一边也发生过类似不愉快的事情，最后查出来是一家大布店女帽部的主管干的。一个安静、优雅的女人——已经在那儿工作好几年了。我记得在北方实习的时候，也发生过这种事，最后发现完全是出于私人之间的怨恨。我的意思是，虽然我见过这样的事，但坦率地说，这还是让我感到害怕！"

"这件事已经有一段时间了吗？"我问。

"我认为没多久。当然，这也很难说，因为收到匿名信的人通常不会四处宣扬。他们通常会将它扔进壁炉。"

他停了一下。

"我自己就收到一封,辛明顿律师收到一封,有一两个可怜的病人也说收到过。"

"这些信的内容都差不多吗?"

"哦,是的。都是与性有关的话题,都有这个特征,"他笑了笑,"辛明顿先生被指责与他的女职员有不正当关系——可怜的老金奇小姐,她至少有四十岁了,带着夹鼻眼镜,长着一对兔牙。辛明顿直接把信交给了警方。我收到的信里,指责我与女病人的关系违背了职业道德,甚至还有细节描述。这些信都很幼稚可笑,但充满可怕的恶意。"他脸色变得严肃起来,"总之我很害怕,你知道,这种事可能是很危险的。"

"我想是的。"

"你看,"他说,"尽管内容粗俗幼稚,但迟早会得到某种印证。到那个时候,天知道会发生什么事!我还担心这种信对那些反应迟钝、疑心重重、没受过教育的人会产生什么样的影响。只要写成文字的东西,他们就会认为是真的,于是各种问题便由此产生。"

"这封信文法不通,"我若有所思地说,"写信者应该没受过什么教育。"

"是吗?"欧文说完便离开了。

后来再想起这件事,我觉得他那句"是吗"令人非常不安。

第二章

1

我并不想假装匿名信的事没有给我带来任何不快,事实上它让我感到恶心。不过,我很快就把这件事忘记了。你知道,当时我并没有认真对待这件事。我甚至记得还对自己说,也许偏僻的小村庄经常发生这种事。写信者可能是个有妄想症的女人。无论如何,如果所有的匿名信都像我们收到的那封一样幼稚愚蠢,倒也不会有太大的危害。

第二起意外事件——如果可以这么说的话——发生在大约一个星期之后。那天,帕特里奇正嘟着嘴说,天天过来帮忙的女工比阿特丽斯今天来不了了。

"我想,先生,"帕特里奇说,"这姑娘可能是不舒服。"

我不太肯定帕特里奇指的是什么,便推测(显然是错了)是胃痛什么的,对帕特里奇来说这事应该谨慎对待,于是没有直说。我对此表示遗憾,并祝比阿特丽斯早日康复。

"她身体很好,先生,"帕特里奇说,"是心里不舒服。"

"哦?"我很是不解。

"因为,"帕特里奇说,"她收到了一封信,我想,信上暗示了一些事情。"

帕特里奇眼中的严肃神情加上那种含沙射影的批评，让我意识到信里暗示的内容和我有关。其实我根本没留意过比阿特丽斯，如果在大街上遇到，我可能根本认不出她来，因此听到这事让我心里涌起一股无名火。像我这样一个需要双拐走路的人，实在没什么精力去欺骗村里的姑娘。我生气地说：

"简直胡说八道！"

"我跟她母亲也是这么说的，"帕特里奇说，"'只要我在这个家里一天，这种事就绝对不可能、以后也不会发生。至于比阿特丽斯，'我说，'现在的女孩子和以前不同了，不过其他地方的事我不好说。'然而事实上，先生，比阿特丽斯那个在修车厂做事的男朋友也收到了一封这种无耻的信，他表现得就很不恰当。"

"我这辈子都没听过这么荒唐的事。"我生气地说。

"先生，"帕特里奇说，"我觉得这姑娘以后恐怕不会来了。要我说，如果她没有什么不可告人的事，也不会这样不安。我早就说过，无火不生烟。"

这时我完全没想到这句俗话后来让我那样反感。

2

那天早晨，我步行往村子里走，就当是一种探险吧。（乔安娜和我一直称之为"村子"，尽管严格来说这样称呼并不正确，而且林姆斯托克人听到也会很不高兴。）

阳光明媚，空气清凉，带着春天的甜美清新。我拿着拐杖出发了，坚持没让乔安娜陪同。

"不，"我说，"我可不要小尾巴跟着，一路唠叨。记住，男人独自出行是走得最快的。我有很多事情要办。我要去加尔布雷思,加尔布雷思和辛明顿事务所,去签那份股票转让协议,我还会去一下面包房,投诉他们的葡萄干面包,再去还我们借的书。另外,我还要去趟银行。让我走吧,女人,上午的时间可是很短的。"

我们约好了,到时乔安娜会开车来接我回家吃午饭。

"这样你就可以见见林姆斯托克的每一个人,消磨这一天的时间。"

"我完全相信,"我说,"到时我一定见过镇上所有该见的人了。"

早晨,高街是购物的人们聚会和交换信息的地方。

不过,我最终还是没能独自走到镇上。刚走了两百码左右,就听到身后响起一阵自行车铃声,然后是刹车声,接着梅根·亨特从车上摔下来,落在我脚边。

"嗨!"她气喘吁吁地从地上爬起来,拍拍身上的土。

我挺喜欢梅根,而且一直莫名地为她感到惋惜。

她是辛明顿律师的继女,辛明顿太太和前夫生的女儿。几乎没有人提起过亨特先生(或船长),我想大家可能都觉得最好忘了这个人。据说他对辛明顿太太很不好,结婚一两年两人就离婚了。辛明顿太太自食其力,带着幼小的女儿在林姆斯托克定居下来,以求"忘记一切",最后嫁给了本地唯一合适的单身汉理查德·辛明顿。他们婚后生育了两个男孩,夫妇俩全部的精力都在这两个孩子身上。我不禁想,梅根是否会觉得自己在这个家里是多余的人。她完全不像她的母亲,辛明顿太太身材瘦小,容颜衰退,会用一种忧郁的声音谈起仆人的难题和自己的健康。

梅根是个高大笨拙的女孩,尽管已经二十岁了,可看起来更像个十六岁的女学生。一头棕色的头发乱蓬蓬的,长着一双浅棕色的眼睛，脸庞消瘦骨感，咧着一边嘴角露出笑容时倒也十分可爱。她的衣着单调乏味，毫不吸引人，脚上的麻线袜子上还常常有破洞。

今天早上见到她，我忽然觉得与其说她像个人，还不如说她像匹马。事实上，只要稍加刷洗，她肯定是匹好马。

她说话像往常一样上气不接下气：

"我到农场去过了——你知道，就是莱什尔家的——去看看他们有没有鸭蛋。他们养了好多可爱的小猪。真是太可爱了！你喜欢猪吗？我喜欢，甚至连它们的气味都喜欢。"

"照顾得好，猪就不会有什么气味。"我说。

"是吗？这里的猪都有味儿。你这是要步行去镇上吗？我看到你独自一人，就想停下来和你一起走，不过停得太急了。"

"你把袜子都弄破了。"我说。

梅根一脸后悔地看看自己的右腿。

"是啊，不过原来就已经有两个洞了，所以也没什么关系，对不对？"

"你从来不补袜子吗，梅根？"

"也补的。被妈妈发现了就补，不过她通常不会注意我在干什么——所以还算走运，是不是？"

"你似乎没有意识到自己已经长大了。"我说。

"你是说我应该像你妹妹那样，打扮得像个布娃娃？"

她这样形容乔安娜让我很不高兴。

"她看起来干净整洁，令人愉快。"我说。

"她太漂亮了，"梅根说，"和你一点都不像，是吗？这是为什么呢？"

"兄妹并不总是相像的。"

"当然,我和布莱恩或者柯林都不怎么像,他们两人彼此也不太像。"她停顿了一下,又说,"很有意思,是不是?"

"什么很有意思?"

梅根简短地说:"家人。"

我若有所思地说:"我想是吧。"

我不明白她脑子里究竟在想些什么。我们默不作声地走了一会儿,梅根忽然有些不好意思地问:

"你会开飞机,是吗?"

"是的。"

"因为这个才受的伤?"

"是的,我坠机了。"

"这里没人会开飞机。"

"是的,"我说,"我估计没有。你想开飞机吗,梅根?"

"我?"梅根似乎很惊讶,"天哪,不。我肯定会晕机的,我坐火车都会晕。"她停顿了一下,然后像个孩子一样直率地问,"你会完全康复,继续开飞机,还是以后都会有点残疾?"

"医生说我会康复。"

"是的,不过他是那种会说谎的人吗?"

"我觉得不是,"我回答说,"事实上,我对此相当肯定。我信任他。"

"那就好,不过很多人确实会说谎。"

我没有说话,接受了这个不可否认的事实。

梅根像个法官一样用公正的语气说:

"我很高兴。我原来担心,你会因为要终身残疾而脾气不好——不过要是生来如此,就是另一回事了。"

"我没有脾气不好。"我冷冷地说。

"哦,那就是急躁。"

"我急躁是因为我希望尽快康复——而这种事是急不来的。"

"那又急什么呢?"

我笑了起来。

"我亲爱的姑娘,难道你从不会迫切地想知道即将发生的事吗?"

这个问题让梅根想了一会儿,然后她说:

"不会。为什么要这样呢?没什么好着急的,从来都不会发生什么事。"

她话语中的那种凄凉感让我吃了一惊,于是温和地问:"你一个人在这里做什么?"

她耸了耸肩。

"有什么可做的呢?"

"你没有什么爱好吗?你玩游戏吗?在这里有朋友吗?"

"我玩游戏笨手笨脚的,也不喜欢玩。这周围没几个女孩,仅有的那几个我又不喜欢。她们都不喜欢我。"

"胡说,她们怎么会这样?"

梅根摇摇头。

"你不上学吗?"

"不,我一年前就退学了。"

"那你喜欢上学吗?"

"还行。他们教东西的方式都很愚蠢。"

"为什么这么说?"

"呃,都是些鸡零狗碎的事,总是变来变去,没个定数。你知道,那是一所很差的学校,老师人也不怎么好。他们从来不会好好地回答问题。"

"很少有老师能做到。"我说。

"为什么？他们应该能回答的。"

我表示同意。

"当然，我很笨，"梅根说，"而且很多东西对我来说都莫名其妙。比如说——历史，不同的书里讲的都不一样。"

"这正是它有意思的地方。"

"还有语法，"梅根继续说道，"还有可笑的作文。还有雪莱写的那些无聊的话，没完没了地谈着云雀，而华兹华斯则不停地念叨黄色水仙。还有莎士比亚。"

"莎士比亚有什么问题？"我饶有兴趣地问。

"话都拧着说，弄得你根本不知道他是什么意思。不过，他的有些作品我还是很喜欢的。"

"他听到这话会很高兴的，我肯定。"

梅根对我的挖苦毫无反应。然后，她整张脸都亮了起来，说："比如，我喜欢贡纳莉和里根[①]。"

"为什么是她们俩？"

"哦，我不知道。就觉得她们还比较能让人接受。你为什么觉得她们是那样的？"

"哪样的？"

"就是她们的样子。我是说，一定有什么原因把她们变成了那样。"

这是我第一次思考这个问题。一直以来，我就认为李尔王的女儿只是两个令人讨厌的家伙，从没多想过。梅根的问题让我产生了兴趣。

---

①贡纳莉和里根，《李尔王》中李尔的长女和次女。

"我要想一想。"

"哦,没什么,真的。我只是有点困惑。再说了,这只是英国文学,不是吗?"

"是的,是的。你就没什么喜欢的课程吗?"

"只有数学。"

"数学?"我非常惊讶。

梅根的脸亮了起来。

"我喜欢数学。可学校里教得不好。我很想有人好好教我,那太美妙了。我觉得数字都是很美妙的,你觉得呢?"

"我从来没这样觉得。"

这时我们已经走上了高街,梅根声音尖利地说:

"格里菲斯小姐来了,这个可恶的女人。"

"你不喜欢她?"

"我讨厌她。她老是让我去参加她那个讨厌的团契。我讨厌团契。为什么要衣着整齐、戴上徽章,成群结队地去做那些你根本就不会做的事?我觉得真是太无聊了。"

总的来说,我相当赞同梅根的说法。不过我还没来得及说出口,格里菲斯小姐已经来到我们面前了。

这位医生的姐姐很是享受那个对她而言非常不恰当的名字——艾米,同时有着弟弟所缺乏的自信。她是个长相秀气的女人,透着一种历经风雨的男性气质,嗓音低沉。

"嗨,你们好,"她一下站在了我们面前,"真是个令人神清气爽的早晨,不是吗?梅根,我正要找你,保守团契需要人写一些信封。"

梅根小声嘀咕了几句,便跳上自行车绕过路边的街石,朝国际商店的方向冲去。

"真是个奇怪的孩子,"格里菲斯小姐看着她的背影说,"懒惰的姑娘,整天到处游荡,对可怜的辛明顿太太来说真是极大的考验。我知道她母亲曾多次尝试让她做点事儿——速记、打字、烹饪,或者养安哥拉兔子。她生活里总得有个兴趣爱好。"

我觉得这或许是对的,不过站在梅根的角度考虑,我应该会坚决拒绝艾米·格里菲斯提出的任何建议,因为她那种盛气凌人的态度实在让人恼火。

"我不赞成懒惰,"格里菲斯小姐继续说,"尤其是年轻人。梅根算不上漂亮迷人,完全谈不上。有时候我甚至觉得这姑娘有点笨。她母亲一定非常失望。她父亲,你知道,"她压低了声音,"显然不是个好人。真担心这孩子会像他,这对她母亲来说是一种极大的痛苦。唉,总之,这世界上什么人都有,我就是这样认为的。"

"真幸运。"我说。

艾米·格里菲斯露出一个"愉快的"笑容。

"是啊,如果所有人都是一个样,肯定是不行的。如果有人不好好生活,我可是看不下去的。我很享受自己的生活,希望大家都能这样。有人跟我说,你一年到头都住在乡下,一定很无聊。我说,一点也不!我总是很忙碌、很快乐。乡下总会有各种事情发生,团契、学校、和各种委员会的事把我的时间占得满满的——再说还要照顾欧文。"

就在这时,格里菲斯小姐看到街对面有一个她的熟人,便低声说了几句她认识对方之类的话,接着冲过了马路,于是我独自朝银行走去。

尽管我一直觉得格里菲斯小姐非常盛气凌人,但我很钦佩她的精神和活力,看到她所表现出来的那种喜悦和满足是令人愉快的，跟大多数女人的抱怨唠叨形成了强烈的对比。

在银行的事务办得很顺利，之后我又去了加尔布雷思，加尔布雷思及辛明顿律师事务所。我不知道是否真的有加尔布雷思这个人，总之我没见到。我被领进理查德·辛明顿在里间的办公室，这里有一种成立多年的律师事务所特有的陈旧气息，令人愉悦。

办公室里有很多保存契约的箱子，上面分别标着"霍普夫人"、"埃弗拉德·卡尔爵士"、"威廉·耶兹比·霍尔斯先生（已故）"……一看就知道都是郡里的望族，同时也体现了这家律师事务所悠久的历史。

我看着辛明顿先生低头阅读我给他的文件，不禁想道：如果说辛明顿太太的第一次婚姻是场灾难的话，那么第二段婚姻显然是平静稳定的。理查德·辛明顿是个稳重而受人尊敬的人，从不会让他的妻子感觉到任何焦虑。他长长的脖子处有个明显的喉结，脸色略显苍白，鼻子长而瘦。无疑是个好人，而且也会是个好丈夫、好父亲，但显然也会让人心跳加速。

不一会儿，辛明顿先生开始说话了。他语速缓慢，口齿清楚，说明他头脑聪明而敏锐。我们很快处理完了事情，我一边起身一边说：

"刚才我是和您的继女一起下山的。"

一时间，辛明顿先生似乎没明白他的继女是谁，过了一会儿他才笑了。

"哦，是的，当然——梅根，她——呃——从学校回家有一段日子了。我们一直想着给她找点事情做——是的，做点事情。不过当然了，她还很年轻；而且就像别人说的，她其实没有实际年龄那么成熟。是的，他们就是这样对我说的。"

我走了出来。外间办公室的凳子上坐着一位年纪很大的人，正缓慢而费劲地写着什么；有一个瘦小、看起来教养很差的男孩；另外还有一个戴着夹鼻眼镜、留着卷发的中年妇女，正在快速而用力地敲着打字机。

如果这位中午妇女就是金奇小姐的话，那么我非常同意欧文·格里菲斯的看法：她和她的雇主之间绝不可能有什么暧昧关系。

然后我去了面包店，说我要一条葡萄干面包，这个要求似乎很突兀且不合时宜，不过一条"新鲜出炉的面包"还是被扔到了我面前，让我的胸口感到一股温热。

出了面包店，我打量了一下街道，希望能看到乔安娜开车过来。刚才那段步行已经让我相当疲惫了，现在一手拿着拐杖，一手还捧着葡萄干面包，实在有点狼狈。

然而没有乔安娜的踪影。

突然，我的眼睛被一种快乐和诧异抓住了。

有一位女神衣袂翩翩地沿着人行道向我缓缓走来。除了"女神"，我想不出还有什么词可以形容她。

完美的五官，卷曲的金色头发，高挑精致的身材！她就像一位女神，轻轻地向我越飘越近。一位光彩照人、不可思议、让人透不过气来的姑娘！

我一时忘形，有什么东西掉下去了。是那条葡萄干面包，它从我手里滑落。我俯身去拾，拐杖却又掉落在了人行道上，我一时没站稳，差点摔倒。

女神有力的手臂抓住了我，把我扶住。我结结巴巴地说：

"感——呃——非常感谢，我——非常抱歉。"

她拾起面包，连同拐杖一起递给我。然后露出和善快乐的微笑，说：

"不客气，这没什么，真的。"在她普通、平淡的声音中，那种魔力消失了。

一个漂亮、健康、得体的姑娘,仅此而已。

我想到,如果特洛伊的海伦也被赋予了如此平凡的声音,会是怎么样的呢?感情真是奇怪,当一个姑娘沉默不语的时候,能触动你灵魂的最深处,然后在她开口的那一瞬间,所有的魔力便消失无踪,仿佛从未存在过一样。

不过我也见过相反的情形。我曾经见过一个尖嘴猴腮、长相普通的女人,谁都不会转头看她第二眼。然而她一开口说话,便忽然魅力四射,就像施有魔法一样,克丽奥佩特拉复活了。

乔安娜已经把车停在了我身边,我却根本没注意到。她问我是不是发生了什么事。

"没什么,"我回过神来,说,"只是忽然想到了特洛伊的海伦和其他一些事。"

"在这儿想可真是太滑稽了!"乔安娜说,"你的样子非常奇怪,呆呆地站着,胸前抱着面包,嘴巴大张着。"

"是惊呆了,"我说,"刚才似乎去了特洛伊,然后又回来了。"

"你知道那是谁吗?"我指着优雅地飘然远去的背影问道。

乔安娜看了一眼,说那是辛明顿家的保姆兼家庭教师。

"让你这么震惊的就是她?"乔安娜问,"很漂亮,不过比较肤浅。"

"我知道,"我说,"只是个漂亮可爱的女孩而已。我简直觉得她是维纳斯!"

乔安娜打开车门,我钻了进去。

"很有意思,不是吗?"她说,"有的人长得很漂亮,却毫无吸引力。刚才那个女孩就是这样,很遗憾。"

我说如果她当了保姆兼家庭教师的话,可能也是这样的。

第三章

1

那天下午，我们去和派伊先生一起喝茶。

派伊先生是个贵妇般的矮胖男人，醉心于绣花面椅子、牧羊女瓷像，以及他收集的小摆设。他住的修道院小屋建在一片旧修道院的废墟上。

修道院小屋原本就是幢非常精致的建筑，在派伊先生的悉心照料下更是呈现出最佳形态。每件家具都擦得锃亮，放在最合适的地方。窗帘和椅垫花色精美，色调高雅，且由最昂贵的丝绸制成。

这里完全不像一个男人住的地方，但更让我吃惊的是，生活在这里就如同住在博物馆的史料室里。派伊先生的一大生活乐趣就是带人参观这幢小屋，不管对方感不感兴趣，哪怕你对家中摆设的观念已根深蒂固——要有录音机、鸡尾酒架、浴缸，以及卧室里的床必须靠墙，派伊先生也不会放弃给你展示更好的生活用品的机会。

介绍他的宝贝时，那双肥嘟嘟的手会因为过于投入而颤抖；为我们讲述他从贝罗纳将意大利式床架带回的激动经历时，他的声音都变了调，吱吱呀呀的就像假声。

乔安娜和我都很喜欢古玩和有年代的家具,所以很能理解他的心情。

"两位能加入我们的小团体,真是荣幸,太荣幸了。这里那些可爱的人,你们知道,都是可悲的乡下人——甚至可以说是目光短浅。他们什么都不懂,简直是破坏——彻底的破坏!去他们家里看看,你肯定会想哭,亲爱的小姐,我敢保证你会泪流满面。还是说你们已经去看过了?"

乔安娜说还没到这个程度。

"但你应该懂我的意思吧?各种东西混在一起,太可怕了!我曾亲眼看到一件超级美妙的谢拉顿式家具——精致、完美,绝对的收藏品——却放在一张维多利亚时代的茶几旁边,也有可能是一个熏蒸橡木制的旋转书架——对,是这个,熏蒸橡木书架。"

他抖了一下,接着痛苦地低语:"为什么人们都看不到呢?你同意我的看法吧——你一定同意,美是活下去的唯一理由。"

乔安娜震慑于他认真的语气,催眠般不停地说着没错,是的,是这样的。

"可为什么,"派伊先生质问道,"人们要将自己置于丑陋之中?"

乔安娜说这确实奇怪。

"奇怪?这是犯罪!这就是我的看法——犯罪!再听听他们的理由!他们说这样很舒服。或者说古雅。古雅!多么可怕的词。"

"你们那幢房子,"派伊先生继续说,"艾米丽·巴顿小姐的房子,那里很不错,她有几件好东西。相当不错。其中一两件简直可以说是一流的。她很有品位——不过我不知道是不是和我一样好。有时候,我会担心,这感觉很伤感。她喜欢让一切保持原状——也不是有什么特别的原因[①]，并非担心打破某种平衡，而是因为她母亲就是这样放置的。"

他的注意力转移到我身上，说话的声音也变了。从一个狂热的艺术家，变成乏味的闲聊。

"你们完全不了解那家人？不，基本不认识——哦，是通过房屋中介租的。可是，亲爱的朋友们，你们真应该认识那家人！我搬到这儿来的时候，那位老母亲还在世。真是个不可思议的人——非常不可思议！一个怪物，如果你明白我的意思，绝对是个怪物！那种守旧的维多利亚式怪物，心里想的全是她的孩子。是的，就是这样。她身材硕大，足足有十七英石[②]重，五个女儿整天围在她身边。'那些姑娘啊！'她总是这么叫她们，姑娘！而那时她们之中最大的已经六十多岁了。'那些笨姑娘！'有时她会这么叫她们。她们就像黑奴一样，跟在她身边听她的差遣、搬东西、服从于她。晚上十点，她们就必须上床睡觉，卧室里还不允许生火，也从未听说她邀请朋友来家里玩。她看不起她们，你知道，因为她们都没结婚。可像她那样束缚她们的生活，姑娘们压根不可能认识什么人。我相信艾米丽——也可能是安格妮斯——曾经和一个助理牧师有过恋情。但因为他的家庭环境不够好，妈妈就立刻阻止了！"

"听起来就像小说里的故事。"乔安娜说。

"哦，亲爱的，确实如此。后来这个可怕的老女人死了，当然已经太迟了。她们继续住在那儿，轻声谈论妈妈会希望她们过怎样的生活。重新给妈妈的房间贴墙纸都让她们感觉是种亵渎。她们很享受教区里的平静生活……然而她们都没活多久，一个个

[①] 原文为法语。
[②] 一英石合十四磅，即六点三五公斤。

相继死去。伊迪丝死于流感；米妮动了一次手术，再也没有康复；可怜的玛珀得了中风——艾米丽全心全力地照顾她。这可怜的女人，十年来什么都没做，光照顾玛珀。真是个可爱的人，你不觉得吗？就像一件德累斯顿古玩。可惜的是她出现了经济上的危机——当然了，现在所有的投资都在贬值。"

"我们住在她的房子里总觉得有点不安。"乔安娜说。

"不，不，亲爱的女士，您一定不要这样想。那个亲爱的弗洛伦丝对她非常忠心，她还曾亲口对我说过，她高兴有这么好的房客。"派伊先生说到这里微微颔首，"她说她真是太幸运了。"

"那幢房子，"我说，"有一种令人心旷神怡的气氛。"

派伊先生飞快地瞄了我一眼。

"真的吗？你有这种感觉？哦，这很有趣。我有些怀疑，你明白。是的，我很怀疑。"

"你什么意思，派伊先生？"乔安娜问。

派伊先生伸开他胖胖的手。

"没什么，没什么。人总是有不明白的事。我很相信气氛，你知道。人们的想法和感觉。他们对墙壁和家具产生的印象。"

有那么一会儿，我没说一句话，看着四周，寻思着该如何形容这幢修道院小屋周围的气氛。让我觉得奇怪的是，这里没有任何气氛！这才是最不寻常的。

这个问题我想了很久，以至于没听到乔安娜和屋子主人之间的对话。听到她开始跟主人道别我才缓过神来，把思绪拉回现实，也跟着向主人道别。

我们一起走到大厅。快到前门时，一封信从信箱口滑进来，落在脚垫上。

"下午的邮件。"派伊先生一边说一边捡起信，"好了，亲爱的年轻人，你们会再来的，对不对？能跟眼界开阔的人聊天真是愉快，希望你们懂我的意思，我指那些会欣赏艺术的人。真的，你们知道吗？你若是跟住在这里的人聊芭蕾，他们就只会想起快速旋转的脚尖，薄纱短裙，以及电影《热闹夜晚》里戴着观剧望远镜的老绅士。他们都是这样的人，落后于时代半个世纪——这就是我对他们的看法。英国是个伟大的国家，有很多小口袋，林姆斯托克就是其中之一。若以一个收藏家的眼光来看，就十分有趣——身处这里，我总觉得周身自动罩了一个玻璃罩，死气沉沉，什么事都不会发生。"

他跟我们握了两次手，又异常小心地将我扶上车。乔安娜发动车子，小心地绕过一块精心打理过的草地，然后径直向前。她伸出手，朝站在门前台阶上的主人道别。我也倾身向前，冲他挥了挥手。

不过主人并没有注意到我们，派伊先生正在拆邮件。

他站在台阶上，盯着手里一张展开的纸。

乔安娜有一次说派伊先生像一个胖胖的粉色天使。此刻的他看起来仍然很胖，却一点都不像天使了。他的脸胀成了紫黑色，因为生气和惊讶而扭曲变形。

同时，我发现那个信封看起来很眼熟，不过当时并没有认出来——有时候我们会下意识地注意某些事情，却不知道为什么会注意。

"天哪，"乔安娜说，"这可怜的宝贝怎么了？"

"我猜，"我说，"恐怕又是那双看不见的手。"

她惊讶地向我转过脸，车子都偏离了方向。

"小心点儿，姑娘。"我说。

乔安娜重新把注意力集中到路面上，皱起了眉头。

"你是说,和你收到的那封一样。"

"这是我的猜测。"

"这是个什么地方啊?"乔安娜问,"它看起来似乎是全英国能找到的最单纯、最宁静、最和谐的一块净土——"

"用派伊先生的话说,这里什么事都不会发生,"我插话进来,"此时说这些并不合适。确实有事情发生了。"

"会是谁写的那封信呢,杰里?"

我耸了耸肩。

"亲爱的姑娘,我怎么会知道呢?某个有奇怪爱好的傻子吧,我猜。"

"为什么呢?这看起来太愚蠢了。"

"这你得去读读弗洛伊德和荣格的书,或者我们可以去问问欧文医生。"

乔安娜摇了摇头。

"欧文医生不喜欢我。"

"他都没怎么见过你。"

"显然在他看来已经见得够多了,足够他在高街上看到我时故意绕道走。"

"这举动真不寻常。"我语带同情,"你肯定很不适应。"

乔安娜又皱起了眉头。

"当然。不过说真的,杰里,为什么会有人写匿名信?"

"我刚才说了,他们有奇怪的爱好,这么做能满足他们某种畸形的欲望。如果你遭人排挤,或无人理会,或者饱经挫折,生活单调乏味,我猜你会在暗中给开心愉快的人一刀,从中获得某种力量。"

乔安娜颤抖着说:"这样不好。"

"对，这样不好。也许我该把这个小镇上的人都想象成近亲乱伦的产物——这样就能很好地解释为何有这么多怪人了。"

"我猜是某个没受过教育、说不清楚话的人干的。要是有更好的教育——"

乔安娜没把话说完，我则一言不发。我向来不赞同教育是医治一切病症的良药这种说法。

我们穿过村庄，即将开始爬坡时我好奇地看向几个走在高街上的人影。那些意志坚强的乡下妇女中，是否有人怀揣着强烈的恶意，平静的表情下是否藏着恶毒的预谋，正计划着，甚至已经开始发泄一腔怒意？

但这时我还并未把这件事看得太严重。

2

两天后，我们到辛明顿家打桥牌。

那天是周六中午，辛明顿太太总在星期六组织桥牌聚会，因为这天不上班。

当天支了两桌。参加的人有辛明顿太太、我们俩、格里菲斯小姐、派伊先生、巴顿小姐和阿普尔顿上校——他住在康比瑞，离这里七英里远。他是个典型的顽固保守分子，六十岁上下，自称牌风"大胆"（通常得分能比对手高出一大截），且对乔安娜深深着迷，整个下午他的眼睛都黏在她身上。

我必须承认，我妹妹算很长一段时间以来，出现在林姆斯托克的最吸引人的女人了。

我们到的时候，艾尔西·霍兰德，孩子们的女家庭教师，正在一张华丽的写字台里找另一张记分板。她拿着记分板轻盈地滑过，宛若天仙，那样子仍和我初次见她时一样，只不过第二次见，咒语便已失效。真是糟蹋了完美的身材和脸蛋——为此我大为恼火。此时我首度清楚地注意到她的缺点，大如墓碑的板牙，以及一笑就会露出牙龈。而且很不幸，她还像小孩一样喋喋不休。

"是这些吗，辛明顿太太？我真是笨，总是记不住把它们放哪儿了。我想这是我的错。上次我原本把它们拿在手上，结果布莱恩叫我，说他的发动机卡住了，于是我跑过去忙了一通，然后就随手把东西扔到什么鬼地方去了。似乎并不是您要找的那些，我发现它们边缘处有些发黄。我要不要让安格妮斯五点再上茶？我一会儿就带孩子们去矿场玩，你们安静地玩牌。"

真是个漂亮、善良又聪明的姑娘。我与乔安娜四目相接，她在笑，我则冷冷地看着她。乔安娜总能看穿我在想什么，该死。

我们终于开始玩牌了。

我很快就摸清了林姆斯托克每个人的桥牌水平。辛明顿太太水平极高，并且热衷于此活动。和许多一看就没什么文化的女人一样，她那精明是与生俱来的。她丈夫同样牌技高明，且发挥稳定，就是有点过于谨慎。派伊先生则可称为"打得聪明"，他的叫牌能力堪称出神入化。由于这场聚会是为我和乔安娜举办的，因此我俩与辛明顿太太、派伊先生一桌。在另一桌上的辛明顿先生主要负责平息风波，发挥聪明才智调和其他三位牌友之间的矛盾。正如我刚才所说，阿普尔顿上校牌风大胆，巴顿小姐则是我所见过的打得最烂的桥牌手，而且总是自我沉醉。她还算会跟牌，却完全不会判断自己手中牌的强弱，永远不知道比分，总是出错牌，而且不会数主牌，甚至会忘记什么是主牌。艾米·格里菲斯的牌技可用她自己的话概括，"我喜欢打牌，别废话，别跟我说什么乱七八糟的规则。我说什么就是什么，不许查我打出的牌！反正只是游戏而已！"由此可见，他们的主人可不轻松。

尽管如此，牌局还是进行得不错。除了阿普尔顿上校因为不时看着隔桌的乔安娜而忘记出牌。

茶放在客厅的大餐桌上。我们快结束时，两个冒着热气、激动不已的小男孩冲了进来。辛明顿太太带着母亲所特有的骄傲，神采奕奕地为大家介绍。旁边的父亲同样一脸骄傲。

接着，我们开始喝茶，快喝完时我的碟子上出现了一块阴影。我转过头，看到梅根站在落地窗前。

"哦，这是梅根。"刚才那位母亲说。

她的声音中带着明显的惊讶之情，就像她已经忘记了梅根的存在。

"亲爱的，恐怕我们忘记给你准备茶点了。"辛明顿太太说，"小伙子们和霍兰德小姐带着茶出去了，所以这儿没有孩子用的茶点了。我以为你和他们在一起。"

梅根点点头。

"没关系，我去厨房看看好了。"

她没精打采地走出房间。身上的衣服和往常一样脏兮兮的，两个脚后跟都露了出来。

辛明顿太太抱歉地笑了笑，说道："我可怜的梅根，正处于尴尬的年纪。你们知道的，刚离开学校，但还没有完全长大成人的姑娘都这样，总是羞答答、笨手笨脚的。"

我看到乔安娜那好看的脑袋突然向后扭了一下，我很清楚，这表示她生气了。

"不过梅根已经二十岁了，对吗？"乔安娜说。

"哦，是的，是的。她二十岁了。但就这个年龄来说，她显然不够成熟。简直还是个孩子。我觉得这样很好，女孩子不要成熟得太快。"她又笑了起来,"我想,所有的母亲都希望自己的子女永远是孩子。"

"我不能理解这种想法,"乔安娜说,"不过如果有个身体已经成熟、心智却还停留在六岁的孩子,确实令人尴尬。"

"哦,你不能只按字面意思理解,巴顿小姐。"辛明顿太太说。

这一刻,我突然不想在乎辛明顿太太的感受了。我认为她苍白、纤弱、姿色早衰的面孔下隐藏着自私且贪婪的本性。她又开口了,而我更加不喜欢她了。

"可怜的梅根,我觉得她是个很复杂的孩子。我一直尝试给她找些事情做——我相信可以通过函授学到很多东西。设计啊,裁剪啊,或者她可以试着学习速记和打字。"

乔安娜眼睛里的光仍未消失。等我们重新在桥牌桌前坐下,她说:"我觉得她应该去参加派对之类的活动。您会为她办一场舞会吗?"

"舞会?"辛明顿太太似乎既惊讶又觉得可笑,"哦,不,我们这儿的人不喜欢那种事。"

"我明白,那么网球派对之类的呢?"

"我们家的网球场好几年没用了,理查德和我都不打网球。我想,或许等男孩子长大之后——哦,梅根会找到很多事做的。她很喜欢无所事事地闲逛。我看看,我出过牌了吗?双无主牌。"

回家的路上,乔安娜用力踩了一脚油门,车子猛地向前一蹿,她说:"我真替那个女孩难过。"

"梅根?"

"是啊,她母亲不喜欢她。"

"哦,好了,乔安娜,事情没那么严重。"

"不，事情很严重。有很多母亲都不喜欢自己的子女。我都能想象出，梅根在那个家里有多不自在。她打乱了模式——辛明顿式的生活模式。没有她生活才完美——这对一个敏感的人来说是最不好受的——而梅根正是个敏感的姑娘。"

"是的，"我说，"我也觉得她是个敏感的姑娘。"

我沉默了一会儿。

乔安娜忽然顽皮地笑了起来。

"那个女家庭教师，真是遗憾。"

"我不懂你的意思。"我不失尊严地说。

"别装了。你每次看到她，脸上都会流露出男性的懊恼。我同意你的看法，真是浪费。"

"我不知道你在说什么。"

"不过我也很欣慰。这表示你又充满活力了。在疗养院时我担心死了，你连正眼都不瞧那位美丽的护士。她绝对是个漂亮又风骚的小家伙——上帝送给病人的好礼物。"

"乔安娜，我发现你说的话粗俗至极。"

我的妹妹完全无视我的反抗，继续话题。

"所以看到你又盯着漂亮姑娘，我真是松了一口气。她很漂亮，但可笑的是一点儿都不性感。这很奇怪，你明白吧，杰里。只有部分女人有，其他女人没有的东西是什么？是什么让一个女人仅仅说一句'天气真糟'就能吸引周围的每个男人过来和她聊天气？我觉得上帝造人时会偶尔犯些小错误，有人拥有爱神的脸蛋、身体和性格。但也有搞错的时候，有时候爱神的性格配到一个相貌平平的姑娘身上，于是其他的女人就会发疯，她们会说：'我真看不出来她有什么好，男人怎么就那么喜欢她，她连好看都算不上！'"

"你说够了吗,乔安娜?"

"哦,你不这么认为吗?"

我咧开嘴笑了。"我只能失望地说,我同意你的看法。"

"我看这儿没有人适合你。或许你可以去追艾米·格里菲斯。"

"上帝啊,饶了我吧。"我说。

"她挺漂亮的。"

"但对我来说太强壮了。"

"而且她看起来挺享受生活的。"乔安娜说,"是那种发自内心的开心,对吧?如果告诉我她每天早晨都冲一个冷水澡,我都不会惊讶。"

"怎么不为你自己考虑考虑?"我问。

"我?"

"是的。就我对你的了解,你也想在这儿找点儿乐子驱赶无聊。"

"听听谁说话粗俗?而且,你别忘了还有保罗。"乔安娜假惺惺地叹了口气。

"我肯定没你忘得快。不出十天,你肯定会说:'保罗?保罗是谁?我从不认识什么保罗。'"

"你觉得我是个水性杨花的女人。"乔安娜说。

"如果对象是保罗,我倒希望你水性杨花。"

"你从来没喜欢过他,但他算有点天分。"

"可能吧,但我还是表示怀疑。就我所知,天才都不讨人喜欢。顺便加一句,这里没有半个天才。"

乔安娜歪着头思考了一会儿。

"似乎真的没有。"她遗憾地说。

"你还可以指望欧文·格里菲斯。"我说,"他是这里唯一还没订婚的男性，除非你把阿普尔顿上校也考虑在内。今天下午他看你的眼神就像一只穷追不舍的猎犬。"

乔安娜大笑。

"真的吗，他那样了？真让人不好意思。"

"别装了，我从没见你不好意思过。"

乔安娜没说话，默默地将车子开进大门，驶入车库。

接着她说："你说的那番话可能有些道理。"

"什么道理？"

乔安娜回答："我无法理解为何会有男人在街上刻意避开我。不说别的，首先这么做很失礼。"

"我明白了，"我说，"你打算干脆利落地把那个男人变为囊中之物。"

"我只是不喜欢有人避开我。"

我先小心翼翼地下了车，站好后立稳拐杖，然后给我的妹妹一条建议。

"听我说，我的小姑娘，欧文·格里菲斯可不是你认识的那些温顺驯服、无病呻吟的艺术青年。你最好小心点儿，不然吃不了兜着走。那个男人可能很危险。"

"哦？你这么想吗？"乔安娜反问，明显已经对事情的发展充满欣喜的期待。

"别去碰那可怜的恶魔了。"我语气坚决地说。

"他看到我走来，居然赶紧躲到街的另一边。"

"女人都这样，喜欢揪住一件事不放。你会惹得他姐姐艾米拿枪指着你的，如果我没弄错的话。"

"反正她已经不喜欢我了。"乔安娜边想边说，但露出几分得意。

"我们来这儿,"我严肃地说,"就是为了清静,希望我们能得偿所愿。"

然而,离我们最远的恰恰是清静。

第四章

1

我想那是大约一周后的一天,帕特里奇跟我说贝克夫人想跟我聊几分钟,如果我愿意的话。

贝克夫人,我对这个名字一点印象都没有。

"谁是贝克夫人?"我疑惑不解地问,"让她见乔安娜行吗?"

事实证明,这个人非我不见。后来我才知道,贝克夫人是比阿特丽丝的母亲。

我早已忘记比阿特丽丝。过去的两周里,我总能看到一位中年妇女,顶着稀疏的灰发,出现在浴室、楼梯和走廊上,膝盖着地,像螃蟹一样爬过,我猜她是新来的日佣女工。而关于比阿特丽丝及她带来的麻烦,早已被我抛到脑后。

我没什么正当的理由拒绝这次会面,特别是当我得知乔安娜不在家之后。同时我不得不承认,我对这次见面既有期待又很紧张。我衷心希望她不是来谴责我玩弄比阿特丽丝感情的。同时,我一边在心里强烈谴责写那些匿名信的人,一边大声叫人把那位母亲带到我面前。

贝克夫人是一位身材肥硕、饱经风霜的女人,说话语速很快。看到她没有发怒谴责的意思,我松了一口气。

"我希望，先生，"帕特里奇刚把门关上，她就开了口，"您能原谅我的不请自来。因为我认为，先生，您是最适合的人，如果您能告诉我在这种情况下我该做些什么，我将感激不尽。因为在我看来，先生，必须做点什么的时候到了，而我是个做事喜欢快刀斩乱麻的人，我的意思是，哼哼唧唧、无病呻吟都没用，要'动起来'，正如上上周教区牧师布道时说的那样。"

我觉得有些困惑，仿佛漏听了对话中的关键部分。

"没错。"我说，"要不您——呃——先坐下，贝克夫人？我想我很乐意帮您——呃，如果我可以，会帮您——"

我停下话头，等她回应。

"谢谢您，先生。"贝克夫人坐在椅子的边缘，"您真是个大好人，我看得出来。真幸运我今天来找了您。我对比阿特丽丝说巴顿先生肯定知道该怎么办——她一直坐在床上又哭又喊——我说他是从伦敦来的绅士。必须做点儿什么，年轻人头脑发热，不想听解释，同时听不进去女孩子说的话。我对比阿特丽丝说，如果是我，我会穷尽所有，把最好的都给他。可是，磨坊那边的姑娘又该怎么办呢？"

这席话让我更困惑了。

"对不起，"我说，"但我真的听不懂您在说什么。发生了什么事？"

"先生，是那些信。邪恶的信——而且下流——里面的那些词啊，比我在《圣经》里看到的还糟糕。"

话题进入了有趣的领域，我赶忙急切地问："您的女儿又收到那种信了？"

"不是她，先生，她只收到了一封，就是迫使她从这里离开的那封。"

"真是莫名其妙——"我刚开口,就被贝克夫人礼貌却坚定地打断了。

"您不必向我重申信里写的都是无耻的谎言。帕特里奇小姐已经跟我说了——而且我早该认识到这一点的。您绝不是那样的人,先生,这一点我很清楚,您是位因病退役的军人。但流言可畏,哪怕都是谎言,我还是不得不劝比阿特丽丝离开,先生,您也知道闲话可怕。人们肯定会说,无火不生烟。女孩子,还是要小心谨慎些。况且我家姑娘收到那封匿名信后被羞得要死,因此当她提出不想再过来时,我对她说'好吧',而我心里明白,我们母女都感到过意不去,为这样的——"

贝克夫人没能找到合适的字眼,因此她深吸一口气,继续说道:"我以为这样事情就算完了。然而,乔治——在修车铺干活,正在和比阿特丽丝交往的男孩,他也收到了一封。信里对比阿特丽丝恶意中伤,说她和佛雷德·莱德贝特家的汤姆搞在一起——我向您保证,比阿特丽丝只是出于礼貌,碰到他的时候跟他打个招呼而已。"

我被这个全新的名字——佛雷德·莱德贝特家的汤姆——搅得头更晕了。

"让我理一下,"我说,"比阿特丽丝的——呃,男朋友,收到了一封匿名信,说她和另一个年轻人搞在一起?"

"是的,先生,信上写得难听极了——用了最可怕的字眼,小乔治简直气疯了,真的,他冲过来,对比阿特丽丝说他再也受不了她的这些烂情事了,他无法容忍她背地里和其他小子胡搞——她说那不是真的——而他说无火不生烟。他脾气本来就不好,沾火就着,比阿特丽丝只能忍着,可怜的姑娘,于是我说我这就戴上帽子直接来找您,先生。"

贝克夫人停下来，期待地看着我，就像一只刚完成一项聪明把戏的狗在等待奖赏。

"可是，为什么要来找我？"我问。

"我知道，先生，您也收到了一封令人不快的信。但我觉得，先生，像您这种从伦敦来的绅士，知道该如何处理。"

"如果我是你，"我说，"我会去报警。这种事该有个了断。"

贝克夫人看起来彻底被吓傻了。

"哦，不，先生，我不能报警。"

"为什么？"

"我从未和警察扯上过关系，先生。我们这儿的人都从没找过警察。"

"尽管如此，警察是能解决这类事的唯一人选。这是他们的本职工作。"

"去找伯特·伦德尔吗？"

伯特·伦德尔是这里的治安官，我知道。

"我记得警察局还有一位警官，还是巡查来着。"

"我？去警察局？"

贝克夫人的语气中透露出责怪和难以置信。我觉得有些恼火。

"这是我唯一能给你的建议。"

贝克夫人沉默了半晌，显然未被说服，再开口时又饱含渴望，语气急切。

"应该有人出来制止这些信，先生，它们该被禁止。不然早晚要出事。"

"在我看来，已经出事了。"我说。

"我的意思是暴力事件，先生。那些年轻人，情绪不稳定就会付诸暴力——年长的人也是。"

我问："已经出现很多这种信了吗？"

贝克夫人点点头。

"情况越来越糟。住在蓝波阿尔的比德尔——他们一直生活幸福——结果收到了那些信，比德尔先生开始疑神疑鬼，想一些根本不存在的事，先生。"

我身子前倾，说："贝克夫人，关于写这些匿名信的人，您有没有什么想法？任何想法都行。"

令我意外的是，她点了点头。

"我们确实有想法，先生。我们有一个非常合理的猜测。"

"谁？"

我本以为她会犹犹豫豫不愿说出来，没想到她马上给出了一个名字。

"克里特夫人，我们都觉得是她，先生，肯定是克里特夫人。"

这一早上我已经听到好几个陌生名字了，搅和得我无比糊涂。我问："克里特夫人是谁？"

后来我得知克里特夫人是一位打零工的老花匠的老婆，住在通往磨坊路上的一幢小木屋里。但我的下一个问题未能得到解答，那就是为什么克里特夫人要写这种信。贝克夫人只是暧昧地说："像她的作风。"

最后我打发她走了，又重申了一遍报警的建议，但看得出来她不会采纳。我觉得我让她失望了。

之后我又把她说的话想了一遍。尽管证据暧昧，但我觉得，如果整个村子的人都认定克里特夫人是罪魁祸首，那她很可能就是。我决定去问问格里菲斯，他很有可能认识那个姓克里特的女人。如果他也这么认为，那我或者他就可以考虑去一趟警察局，给警察提个醒,说或许匿名信是克里特夫人搞的鬼。

我算好在格里菲斯做完"手术"的时候抵达,等最后一位病人离开,我进了手术室。

"是你啊。你好,巴顿。"

我大概向他复述了一遍与贝克夫人的对话,以及大家都认为罪魁祸首是克里特夫人。令我大失所望的是,格里菲斯摇了摇头。

"事情不可能这么简单。"他说。

"你不会也觉得幕后黑手是那个叫克里特的女人吧?"

"有可能是她,但我认为可能性很小。"

"那为什么大家都认为是她呢?"

他微微一笑。

"哦,"他说,"你不知道,克里特夫人是一个女巫。"

"我的老天爷!"我惊呼。

"确实,如今还有女巫听起来很奇怪,但事实如此。你知道,有些人和家庭就是散发着最好别去招惹的气息。克里特夫人家的女人都很聪明,而且我怀疑她还在有意强化家庭传奇。她是个奇怪的女人,爱挖苦、嘲讽别人,并且以此为乐。要是有哪个孩子割伤了手指,或者摔了一跤,或者得了腮腺炎,她就会点点头,轻描淡写地说:'是的,他上周偷了我的苹果',或者'他拽了我家猫的尾巴'。不久后,母亲们纷纷把孩子带走,还有些妇女给克里特夫人送蜂蜜或亲手烤制的蛋糕,以博取她的好感,好让她别再下诅咒。这听起来很不可思议,也很愚蠢,却是实际发生过的事。现在,他们自然会认为她是幕后黑手。"

"但她并不是?"

"哦,不是,她不是那种人。事情——事情也没有那么简单。"

"那你有什么想法吗？"我好奇地看着他，问道。

他摇了摇头，眼神迷茫。

"没有。"他说，"我一点头绪都没有。但我不喜欢这件事，巴顿——这种事会制造大麻烦。"

2

我从外面回到家时，看到梅根坐在外廊的楼梯上，下巴抵着膝盖。

她和平时一样，很随便地跟我打了个招呼。

"嗨，"她说，"我可以去你家吃午餐吗？"

"当然可以。"我说。

当我对帕特里奇说准备三个人的午饭时，梅根叫道："如果是排骨之类难得的好东西，可得先告诉我。"

我觉得帕特里奇一定嗤之以鼻地轻哼了一声。她什么也没说，还是成功表现出了对梅根小姐的瞧不起。

我走回到外廊上。

"没问题吧？"梅根焦急地问。

"完全没问题，"我说，"中午吃土豆洋葱炖羊肉。"

"哦，好的，听起来像狗食，对不对？我是说那里面几乎都是土豆和调料。"

"是啊。"我说。

我取出香烟盒，递给梅根，她的脸一下子就红了。

"你真好。"

"你不来一根吗？"

"不，我不会抽，但还是很感谢你递给我烟盒——表示你把我当成一个真正存在的人。"

"难道你不是个真正存在的人?"我逗趣地问。

梅根摇了摇头,接着换了个话题。她伸直一条沾满灰尘的腿,让我看。

"我把袜子补好了。"她骄傲地宣称。

我虽不是织补方面的权威,但在我看来,那皱巴巴、脏兮兮,与其他部分对比强烈的补丁打得实在不算高明。

"还不如有个洞穿着舒服。"梅根说。

"看起来似乎是。"我附和道。

"你妹妹手工活做得好吗?"

我试着回想是否见过乔安娜展露这方面的手艺。

"我不知道。"我实话实说。

"哦,那要是她的袜子破了个洞,她会怎么办?"

"我想,"我不太情愿地说,"她会把它们扔了,然后买双新的。"

"很明智的做法,"梅根说,"但我不能这么做。我只能靠零用钱过日子——一年四十镑。这点儿钱买不了多少东西。"

我表示同意。

"除非我穿黑袜子,那样的话我可以用墨水把露出的皮肤染黑。"梅根悲伤地说,"在学校时,我经常这么做。贝特沃西小姐——负责给我们缝补衣物的女教师——正如她的名字,眼神像蝙蝠一样瞎[①]。我这招很管用。"

"肯定很管用。"我说。

我抽着烟斗。我们两人都没说话。这是阵友好的沉默。

[①]贝特沃西的原文为 batworthy,直译为"只配做蝙蝠"。

最后是梅根将它打破了。她突然开了口，语气暴躁。

"我猜你也觉得我很讨厌，和其他人一样。"

她的话让我大吃一惊，烟斗都从嘴里滑了出来。那是个海泡石烟斗，颜色很漂亮，却落在地上摔碎了。我生气地对梅根说："看看你做了什么！"

这个让人琢磨不透的孩子不但没有不愉快，反而咧开嘴笑了。她说："我喜欢你。"

这真是最温暖的回应。是人们幻想家里的狗会说话时，希望狗做出的回应。我突然觉得梅根的外表看起来像一匹马，但性情像条狗。总之，不太像普通人。

"这场灾难发生之前，你说了什么？"我一边拾起珍爱的烟斗的碎片一边问。

"我说，我猜你一定觉得我很讨厌。"梅根答道，但语气已和刚才不太一样了。

"为什么呢？"

梅根严肃地说："因为我确实很讨厌。"

我厉声道："别傻了！"

梅根摇摇头。

"就是这样。我其实并不傻。人们都以为我傻，他们不知道我心里是怎么看他们的，我一直恨他们。"

"恨他们？"

"是的。"梅根说。

她直直地盯着我，那双眼睛满含忧郁，完全不像个孩子。她的双眼一眨不眨，长久而悲伤地凝视着我。

"如果你和我一样，你也会恨他们的，"她说，"如果你和我一样被人嫌弃。"

"你不觉得你这样有些病态吗?"我问。

"是的,"梅根说,"讲真话时人们总是这样说。但这是事实,我是多余的,而且我很清楚为什么。妈妈一点都不喜欢我,我想这是因为我使她想起爸爸,我听说爸爸对她很凶、很可怕。但唯独做妈妈的不能说不想要自己的孩子,然后一走了之,或者把孩子吃掉。猫就会吃掉不喜欢的小猫,我觉得这是种可怕的明智之举,既不会浪费,也不会弄得一团糟。可是人类的母亲必须养育孩子,照顾孩子。我被送去学校的时候情形还没这么糟——不过你也看到了,妈妈其实只希望她、继父,以及那两个男孩子一起生活。"

我放慢语速说:"我还是觉得你的想法有些病态,梅根。不过我也承认,你有些话说的是事实。那么,为什么你不离开这里,自己生活呢?"

她露出一种完全不像个孩子该有的微笑。

"你是说找份工作,养活自己?"

"是的。"

"什么工作呢?"

"你可以学点东西。速记、打字、记账之类的。"

"我想我学不会,我做起事来笨手笨脚。再说——"

"怎么?"

她本来已经把头扭开了,这时又慢慢转了回来。她的眼睛红红的,噙满了泪水,声音又变得很孩子气。

"我为什么要走?为什么要被别人赶走?他们嫌弃我,我偏要留下来,留下来让每个人觉得不舒服。我要让他们每个人都不好过。可恨的猪!我恨林姆斯托克的每一个人,他们都觉得我又笨又丑,我要让他们看看!我要让他们看看!我要——"

那是一种孩子气的、可怜而令人同情的愤怒。

我听到房子拐角处的碎石地面传来脚步声。

"快起来,"我有些粗暴地对梅根说,"从客厅进去,到二楼浴室去,在走廊尽头。去把脸洗干净。快点。"

她笨拙地跳起来,飞快地从落地窗跳进屋里,这时乔安娜正好从拐角走过来。

"天哪,太热了。"她大叫着,然后坐在我旁边,将包在头上的帝罗尔丝巾拿下来扇风,"今天我算是好好调教了一下这双该死的粗革皮鞋,我走了几英里,学会了一件事,那就是这种鞋绝不该有这些花哨的洞洞,因为金雀花的刺会钻进去。还有,杰里,我觉得我们该养条狗。"

"我也这么觉得。另外,梅根过来和咱们一起吃午饭了。"

"是吗?好啊。"

"你喜欢她吗?"我问。

"我觉得她是个被掉包的孩子。"乔安娜说,"你知道的,就是仙女拿走了孩子,然后放了一个在门口的台阶上。遇到一个掉包儿真是有趣。哦,我必须去洗一洗。"

"等等,"我说,"梅根在洗呢。"

"哦,她总是带着一腿的泥巴,对吗?"

乔安娜拿出镜子,认真盯着自己的脸看了好一会儿。"我想我不太喜欢这个唇膏的颜色。"过了一会儿,她宣布道。

梅根又从落地窗里出来了,她看起来十分平静,而且干净了不少,丝毫不见刚才那通发泄的残影。她怀疑地看着乔安娜。

"嗨,"乔安娜打了声招呼,眼睛却还全神贯注地盯着自己的脸,"你来吃午饭我很开心。天哪,我的鼻子上长了个斑。我必须做点儿什么。雀斑可不能马虎,它会让我看起来像苏格兰人。"

这时帕特里奇走过来,冷冷地说午餐已经准备好了。
"走吧。"乔安娜说着站起身,"我饿死了。"
她挽着梅根的胳膊,两人一起走进屋子。

第五章

1

我发现这故事有个遗漏。那就是到目前为止,我很少提及邓恩·卡尔斯罗普夫人,当然还有迦勒·邓恩·卡尔斯罗普牧师。

要说明的是,牧师和他妻子都不是寻常人物。邓恩·卡尔斯罗普算是我遇到过的最不食人间烟火的人。他整日待在书房,沉浸在书中,研究他所精通的早期教堂历史。而邓恩·卡尔斯罗普夫人则恰好相反,到处都可以看到她的身影。我刻意忽略,这么晚才提她,是因为自打认识开始我就有点怕她。她是个有个性且无所不知的女人。她不算是典型的牧师之妻——不过当我写下这句时,不禁自问,我又有多了解牧师之妻呢?

我唯一有印象的牧师之妻是个很难形容的安静女人,全心全意地追随她那布道很有一套的强壮丈夫。她几乎不开口,话少得让人好奇要如何与她交谈。

除此之外,我就只能参考小说中对这类女人的描述了。她们总是被塑造为无处不在、到处制造和传播闲言碎语的讽刺形象,或者根本不存在所谓的"典型的牧师之妻"。

邓恩·卡尔斯罗普夫人并非无处不在的那类人,但她拥有一种神奇的能力,能知晓一切事情。没过多久我就发现,差不多村里的每个人都多多少少有那么一点怕她。她从不给人提建议，从不介入别人的事，却能表现出一种纯粹的善意，简直是神的化身。

我从未见过像她这么无视外界环境的女人。她会在大夏天穿着哈里斯牌粗花呢大衣走得飞快，还有一次我见她在下雨天——甚至还夹着点雪——穿一条印着罂粟花图案的棉布裙子，快步走过村道。她有一张透着高贵气息的瘦长脸，有点像灵缇犬，说起话来诚挚到可怕。

梅根来与我们共进午餐后的第二天，她在高街上叫住了我。我自然非常诧异，因为邓恩·卡尔斯罗普夫人走路的样子像在追赶什么，她的眼睛总是盯着远处的地平线，你会觉得她的目标远在一英里半以外的地方。

"哦，"她说，"巴顿先生！"

她的语气中带着一种胜利的味道，就像解开了一个特别复杂的谜题。

我答应了一声，邓恩·卡尔斯罗普夫人将视线从地平线上移开，似乎在努力聚焦到我身上。

"呃，"她说，"我找你有什么事来着？"

这件事我可帮不上忙。她皱着眉头站在那里沉思着。

"是件麻烦事。"她说。

"那太遗憾了。"我惊讶地说。

"啊！"邓恩·卡尔斯罗普夫人叫出了声，"我一向不喜欢 A 这个字母，是匿名信[①]！你引来的那些匿名信是怎么回事儿？"

"那不是我引来的，"我说，"我来之前就有了。"

"可是你们搬来之前没有人收到过那种信。"邓恩·卡尔斯罗

[①] 匿名信的英文为 Anonymous letter。

普夫人谴责道。

"不,有人收到过,邓恩·卡尔斯罗普夫人。麻烦在我们来之前就已经产生了。"

"哦,亲爱的,"邓恩·卡尔斯罗普夫人说,"我不喜欢这种事。"

她站在那儿,眼神又变得空洞而遥远。她说:"我觉得一切都不对劲了,这里原来不是这样的。当然,忌妒、怨恨,以及一些居心不良的小邪恶是无法避免的——但我认为没人会做这种事。不,我完全不相信。而这让我非常失望,因为你知道,我本该知道这是谁干的。"

她那双好看的眼睛不再盯着地平线,转回来与我的目光相遇。她的眼睛写满忧虑,以及孩子般真诚的困惑。

"为什么你应该知道呢?"我说。

"因为我就是会知道,我总觉得这算是我与生俱来的能力。迦勒负责传授教义、引导圣礼,这是作为牧师的指责。而如果你承认牧师结婚的必要性,那么我认为牧师妻子的职责就是了解人们的感觉和想法,即使她无法改变什么。然而,我毫无头绪,会是谁想——"

她忽然停了下来,然后又心不在焉地补充道:"那些信也真是可笑!"

"你——呃——收到过吗?"

我问的时候觉得有点难以启齿,可邓恩·卡尔斯罗普夫人回答得非常自然,她微微睁大了眼睛,说:"哦,是的,两封——不,是三封。我不太记得具体内容了,反正是一些关于迦勒和学校女教师的蠢事。我觉得非常可笑,因为迦勒对婚外情之类的事完全没兴趣。他从没发生过那种事。作为一名神职人员,他还是很幸运的。"

"是的。"我说,"嗯,是的。"

"迦勒本可以成为一名圣徒的,"邓恩·卡尔斯罗普夫人说,"要是他不那么过于聪明的话。"

我觉得自己不该回应这样的评价,所幸邓恩·卡尔斯罗普夫人继续说了下去,并莫名其妙地从丈夫又跳回到匿名信上。

"本来还有很多事可以写在信上,但都没提。这才是奇怪的地方。"

"真没想到这些不法之徒还懂得克制。"我刻薄地说。

"看起来写信的人并非无所不知,而且完全不了解真实情况。"

"你是说?"

那对好看却茫然的眼睛又看着我。

"哦,当然,这里有很多通奸之类的丑事,各种各样见不得人的秘密。写信的人为什么不提呢?"她停顿了一下,又突然问道,"你收到的那封信上说了些什么?"

"说我妹妹并不是我的真妹妹。"

"她是吗?"

邓恩·卡尔斯罗普夫人问这话时毫不尴尬,反而显出友善的兴趣。

"乔安娜当然是我妹妹。"

邓恩·卡尔斯罗普夫人点点头。

"这恰恰向你证明了我的话,我敢说一定还有其他事——"

她那双清澈却冷漠的眼睛若有所思地看着我,我忽然明白了为什么林姆斯托克的人那么怕邓恩·卡尔斯罗普夫人。

每个人的一生中都有些不希望别人知悉的隐秘片断。我觉得邓恩·卡尔斯罗普夫人恰恰知道别人的这些事。

我这辈子第一次因为听到艾米·格里菲斯那低沉的嗓音而由衷地高兴。

"嗨，穆德，在这儿碰到你真是太好了，我想建议你改一下义卖的日期。早上好，巴顿先生。"

她继续说道："我正要去杂货店订点东西，然后就去教会，你看可以吗？"

"可以，可以，这样很好。"邓恩·卡尔斯罗普夫人说。

艾米·格里菲斯走进"国际商店"。

邓恩·卡尔斯罗普夫人说："可怜的人儿。"

我觉得很纳闷，她不会是在可怜艾米吧？

接着，她又说："你知道，巴顿先生，我很担心——"

"关于信的事？"

"是的，你知道那表示——那一定表示——"她停下来思考着，双眼有了些神采。然后，她仿佛解开了一个难题似的，慢条斯理地说："盲目的怨恨……是的，盲目的怨恨。可即便是瞎子，也有可能全凭偶然一刀刺中别人心脏……接下来会发生什么事呢，巴顿先生？"

没等第二天过完，我们就知道了这个问题的答案。

2

是帕特里奇把噩耗带回来的。帕特里奇特别喜欢灾难性事件，无论什么不幸，她都会幸灾乐祸地凑过去。

充分了解到详情之后，她来到乔安娜的房间，双眼放光，饶有兴味地开始述说："今天早晨我听说了可怕的事，小姐。"说到这里她拉开了百叶窗。

乔安娜还带着些在伦敦时的习惯，早晨要耗些时间才能完全清醒。大概一两分钟后，她说："呃，啊。"然后这才打起精神听。

帕特里克将早茶放到床边，接着说道："太可怕了，吓人！我听到时简直不敢相信。"

"什么事太可怕了？"乔安娜还在和清醒前的混沌做斗争，问道。

"可怜的辛明顿太太，"她戏剧化地停顿了一下，"死了。"

"死了？"乔安娜一下子坐了起来，睡意完全消失。

"是的，小姐，昨天下午发生的。更可怕的是，她是自杀的。"

"哦，不，帕特里奇！"

乔安娜是真的被吓到了——无论如何，你都不会将辛明顿太太和悲剧联系到一起。

"是的，小姐，是真的。她经过了深思熟虑。若不是被逼到那个份上，她不会这么做的。可怜。"

"被逼的？"乔安娜有些明白这里面的暗示意味了，"莫非是——"

她用探寻的目光望向帕特里奇，后者点了点头。

"是的，小姐，就是那些卑鄙的信。"

"信上写了什么？"

帕特里克遗憾地表示没能打听到这部分。

"真可耻！"乔安娜说，"不过我不明白，怎么会有人因为那种信就自杀。"

帕特里克哼了一声，别有意味地说："看来信里提到的事情是真的，小姐。"

"哦。"乔安娜叹息道。

帕特里克离开后乔安娜喝完早茶,随便披了件晨衣就来向我报告这则消息。

我想起艾米·格里菲斯说过的话。瞎子早晚会开枪。这次就击中了辛明顿太太。她看起来是最不可能有秘密的女人……不过确实,我开始思考,抛开她的精明,辛明顿太太其实是个不太有活力的女人。她常年贫血,精神不振,很容易被击垮。

乔安娜推了推我,问我在想什么。

我重复了一遍欧文说过的话。

"当然啦,"她语气讽刺,"他肯定知道,他觉得自己什么都知道。"

"他很聪明。"我说。

"他很自负。"乔安娜点了点头,说,"自负得让人讨厌。"

过了一两分钟,她又说:"她丈夫得多伤心啊——还有那个姑娘。你觉得梅根会怎么想?"

我说我完全没有想法。奇怪的是,没人能看穿梅根的想法和感受。

乔安娜点了点头,说:"也是,没人能理解掉包儿。"

又过了一两分钟,她说:"你觉得——嗯,或者说你愿不愿意——我在想要不要叫她过来和咱们待一两天?对这么小的姑娘来说,这样的打击似乎太大了。"

"我们可以去问问她。"我同意乔安娜的建议。

"那两个男孩应该没什么事。"乔安娜说,"家庭女教师会照顾他们的。不过我觉得像她那种人会把梅根这样的姑娘逼疯。"

我也这么认为。我可以想象埃尔西·霍兰德不断地重复那些老生常谈,一杯接一杯地让梅根喝茶。她是个好人,但我想,她并不是一个敏感的姑娘。

我早就在想把梅根带出来了,还没说出口乔安娜就先一步提出,正中我下怀。

早餐后我们开车到辛明顿家。

我们两个人都有点紧张。这时候来访会让人以为是出于残忍的好奇。好在我们在门口遇到了出来的欧文·格里菲斯。他完全沉浸在某事中,看起来十分担忧。

他还是跟我打了个招呼,表情亲切。

"哦,嗨,巴顿,很高兴见到你们。我担心迟早会发生的事终于还是发生了。真是太可耻了!"

"早上好,格里菲斯医生。"乔安娜说,用我们跟一个耳朵不灵光的姑妈说话时的音量问候道。

格里菲斯吓了一跳,脸立刻红了。

"哦——哦,早上好,巴顿小姐。"

"我想,"乔安娜说,"你可能没看到我。"

欧文·格里菲斯的脸更红了,周身被羞涩笼罩。

"我——我很抱歉——我在想别的事——没有。"

乔安娜毫不留情地继续说道:"不管怎么说,我和正常人的尺寸一样吧。"

"好了,差不多了。"我在一旁严厉地制止,然后继续说,"格里菲斯,我妹妹和我在想,请梅根过来和我们住一两天是否合适?你觉得呢?我并不想插手此事——只是对那个可怜的孩子来说太残忍了。你觉得辛明顿先生对此会有什么反应?"

格里菲斯思量了一下这个提议,最后说道:"我觉得这想法好极了,她是个有点古怪的、神经质的女孩,要是能从这件事里抽离,对她有好处。霍兰德小姐做得很好——她脑子很聪明,可那两个男孩和辛明顿先生就够她忙了。他几乎崩溃了——完全不知所措。"

"是——"我犹豫着,"自杀吗?"

格里菲斯点点头。

"哦,是的。肯定不是意外。她在一张小纸片上写道:'我活不下去了。'那封信一定是邮差昨天下午送来的。信封扔在她椅子边的地上,里面的信被揉成一团扔进了火炉。"

"信上——"

我被自己吓了一跳,没有说下去。

"抱歉。"我说。

格里菲斯勉强挤出一个虚伪的笑容。

"你没必要为此道歉。警方在聆讯时会把信念出来,但遗憾的是,从信上看不出什么。那就是一封普通的匿名信——和其余那些一样卑鄙无耻。只是信里说,她的第二个儿子柯林不是辛明顿亲生的。"

"你觉得那是真的吗?"我表示难以置信。

格里菲斯耸了耸肩。

"我无从判断,我才在这里住了五年。但就我这几年所看到的,辛明顿夫妇待人平和、彼此相爱,也很爱他们的孩子。那孩子确实不太像他的父母——比如他的头发是浅红色的,但很多孩子会像他们的祖父或祖母。"

"可能就是因为那孩子不像父母,才促使有人写那样的信。一支邪恶且毫无根据的恶毒之箭。"

"很有可能。事实上,很可能就是这样。写这些诽谤信的人其实也没掌握什么确实的证据,只是些肆无忌惮的恶意猜测而已。"

"却偏偏击中了要害。"乔安娜说,"否则她是不会自杀的,对不对?"

格里菲斯怀疑地说:"对此我并不确定。她健康状况不佳已经有一段时间了——神经过敏和歇斯底里症。我一直在为她治疗神经方面的疾病。我想,那封措辞荒谬的信所带来的刺激,很可能造成了她心理上的恐慌和低落,进而决定自杀。她也许认为即便她否认这件事,她的丈夫也未必相信;加上巨大的耻辱感和厌恶给她带来的压力,让她一时糊涂,做出了错误的决定。"

"在心态失常的状态下自杀了。"乔安娜说。

"正是如此。我想若在验尸时提出这一观点,应该可以得到证实。"

"我能理解。"乔安娜说。

然而她语气中的某些东西促使欧文怒道:"将会得到完美的证实。"他点了点头,"你赞同吗,巴顿小姐?"

"嗯,当然,我赞同。"乔安娜说,"换成是我,也会做同样的事。"

欧文将信将疑地看着她,然后缓慢地沿着街道离开了。乔安娜和我则走进辛明顿家的房子。

前门开着,可以不用按门铃,这让我们放松了一些,尤其是听到屋里传来埃尔西·霍兰德的声音。

她正在跟辛明顿先生说话,后者在椅子上缩成一团,看起来茫然无措。

"不,我是说真的,辛明顿先生,您一定得吃点东西。您早饭就没吃——我是说没好好吃——昨天晚上也没吃任何东西。加上受惊和所有这些事,您会病倒的。您需要保持体力,医生临走之前也是这样说的。"

辛明顿的声音毫无起伏。

"你真是好心，霍兰德小姐，可是——"

"来杯热茶。"埃尔西·霍兰德将一杯茶硬塞到他手里。

换成是我，会给这个可怜的家伙一杯烈性威士忌苏打水。他看起来真的很需要来一杯。不过他还是接下了那杯茶，抬起头看着埃尔西·霍兰德：

"真不知该怎么感谢你过去以及现在所做的一切，霍兰德小姐，你真是太好了。"

女孩的脸红了，被夸得很开心。

"您这么说真是太客气了，辛明顿先生。请让我尽力去做些力所能及的事。别担心孩子们，我会照顾好他们的，仆人那边我也都安抚好了，如果还有其他需要我做的，比如写信或打电话什么的，尽管叫我。"

"你真是太好了。"辛明顿又说了一遍。

埃尔西·霍兰德转过身看到了我们，匆忙走进了大厅。

"太可怕了，是不是？"她轻声说道。

我看着她，心想，她真是个非常好的姑娘。善良、能干，出现紧急状况时能沉着应对。她那美丽的蓝眼睛里带着一圈淡淡的红色，展现出她的慈悲心肠，看来她已为雇主的死流了很多眼泪。

"能跟你聊几句吗？"乔安娜说，"我们不想打扰辛明顿先生。"

埃尔西·霍兰德善解人意地点点头，领着我们穿过大厅，来到餐厅。

"这对他来说真是太可怕了，"她说，"这么大的打击。谁会想到竟然会发生这种事？不过我现在也意识到，她行为古怪已经有一段时间了。整日紧张兮兮，还总是哭。我觉得她可能身体不太好，但格里菲斯医生说她很健康。不过她本来就易躁易怒，有时候真不知道该拿她怎么办。"

"我们来这里，"乔安娜说，"是想问能不能带梅根到我们家住几天——当然，前提是她愿意。"

埃尔西·霍兰德似乎非常吃惊。

"梅根？"她满腹狐疑地说，"我不知道，真的。我是说，你们真是太好心了，可她是个奇怪的女孩。别人永远不知道她会说什么，在想些什么。"

乔安娜含糊其辞地说："我们只是想，这样或许能帮上些忙。"

"哦，就这件事而言，应该会有帮助。我是说，我要照顾那两个男孩（他们现在由厨娘带着）和可怜的辛明顿先生，他比任何人都需要照顾。除此之外，还有很多其他事情要做、要去过问，我真的没时间去和梅根谈谈。我想她现在可能在顶楼那间旧育婴室里。她似乎想避开所有人。我不知道——"

乔安娜悄悄给我使了个眼色，我立马不动声色地走出房间，上了楼。

旧育婴室在这幢房子的顶层，我打开门走进去。楼下的房间背对着花园，百叶窗都没有拉上。但这间面朝马路的屋子，窗帘都拉得严严实实。

灰暗的房间里，梅根独自蜷缩在里面墙角的一张沙发上，让人想起受惊的动物躲起来的模样。她看起来吓坏了。

"梅根。"我叫她。

我向前走去，说话时不自觉地带着一种抚慰受惊动物的语气。我很惊讶自己居然没有递给她一根胡萝卜或者一块糖，我确实有这么做的冲动。

她注视着我，但没有动，脸上的表情也没有变化。

"梅根,"我又说道,"乔安娜和我过来是想问你,愿不愿意来和我们住几天。"

昏暗的光线中传来她空洞的声音。

"和你们住?到你们家?"

"是的。"

"你是说,你们要把我从这里带走?"

"是的,亲爱的。"

她忽然浑身颤抖起来,看起来让人有点害怕,但又非常感动。

"哦,请带我走吧!请你一定带我走。留在这里太可怕了,我觉得好恐怖。"

我走过去,她双手紧紧抓住我的衣袖。

"我是个可怜的胆小鬼,我都不知道原来自己这么胆小。"

"没事的,小傻瓜,"我说,"这种事确实吓人。过来吧。"

"我们马上就能走?不用等一分钟?"

"哦,我想你可能得收拾一下。"

"收拾东西?为什么?"

"亲爱的姑娘。"我说,"我们可以为你提供床铺、浴室和其他东西,但恐怕不能把牙刷借给你。"

她有气无力地笑了一下。

"我明白了,我想我今天实在很蠢,你一定别介意。我这就去收拾一下。你——你不会走吧?你会等我的,是吧?"

"一定会的。"

"谢谢你,真是太感谢了。很抱歉我这么笨。可是你知道——母亲忽然死了,这真的是件很可怕的事。"

"我知道。"我说。

我友善地拍了拍她的后背,她感激地看了我一下,然后进了卧室。我则下了楼。

"我找到梅根了,"我说,"她愿意去。"

"哦,那太好了,"埃尔西·霍兰德大声说道,"这样能让她透口气。她是个很敏感的女孩,你们知道的。不好相处。我不用在处理其他事务时还要为她操心,这真让我松了一口气。你太好了,伯顿小姐。希望她不会给你们带来麻烦。哦,电话响了,我得去接,辛明顿先生不方便。"

她急匆匆地走出了房间。

乔安娜说:"真是个看护天使!"

"你这话说得真刻薄,"我说,"她是个细心善良的姑娘,而且显然很能干。"

"非常能干,而且她自己也很清楚这一点。"

"这话可不像你说的啊,乔安娜。"我说。

"你的意思是,这姑娘为什么不去做好分内的事?"

"正是。"

"我就是受不了自鸣得意的人,"乔安娜说,"会激起我最邪恶的本性。你是怎么找到梅根的?"

"她缩在黑漆漆的房间里,看起来像一只饱受惊吓的羚羊。"

"可怜的孩子,她真的愿意来吗?"

"她简直等不及了。"

客厅里传来一阵重物撞击声,应该是梅根提着箱子下来了。我跑过去,从她手上把箱子接了过来。

我身后的乔安娜急切地催促道:"快走吧,我已经拒绝了两次上好的热茶了。"

我们走到车旁。让我气恼的是,不得不由乔安娜把箱子拖上车，我现在用一根拐杖可以四处行走，但还不能做任何体力活。

"上车吧。"我对梅根说。

她先钻了进去，我随后也上了车。乔安娜发动汽车，我们就出发了。

我们回到小弗兹，进了客厅。

梅根跌进一张椅子里放声大哭起来。哭得声嘶力竭，像个孩子——我想可以形容为号啕大哭。我离开客厅，想看看有什么方法可以安慰她。乔安娜不知所措地站在那儿，看起来也束手无策。

这时，我听到梅根哽咽着说："对不起，我简直像个傻瓜。"

乔安娜亲切地说："没关系，再来条手绢吧。"

她为梅根提供了一件有用的东西。于是我也回到客厅，递给梅根一个装满液体的杯子。

"这是什么？"

"鸡尾酒。"我说。

"是吗？真的是吗？！"梅根的眼泪立刻止住了，"我从来没喝过鸡尾酒。"

"凡事都有第一次。"我说。

梅根小心翼翼地抿了一口，脸上马上绽开一个愉快的微笑，接着头往后一仰，喝了一大口。

"真好喝，"她说，"我能再来一杯吗？"

"不行。"我说。

"为什么？"

"再过大约十分钟你就会知道的。"

"哦！"

梅根把注意力转向乔安娜。

"非常抱歉，我刚才那样大哭大闹，一定很惹人讨厌。我也不知道是怎么了。到这儿来我竟然那么高兴，感觉真傻。"

"没关系的，"乔安娜说，"你能来我们非常高兴。"

"你不能这样，这是你们心肠好，但我还是要感激。"

"真的不用谢，"乔安娜说，"这样我会难堪的。我们真的很高兴你能来。家里就我和杰里两个人，无聊极了，我们已经想不出新话题了。"

"而现在，"我说，"我们终于能开启更多有趣的讨论了——比如贡纳莉或者里根之类的。"

梅根的脸一下子亮了起来。

"我一直在想一个问题，现在我知道答案了。那是因为她们那个可恨的老爹就爱听人拍马屁。假设你要不停地重复听人说真感谢您，您真好啊这类话，时间久了，你的内心就会腐烂，变得奇怪。同时期待着能和那人对着干，做些改变——而你一旦有了这样的机会，就会被这想法冲昏头脑，最终玩过了火。老李尔真的太可恨了，不是吗？我的意思是，他活该被科迪莉亚指责。"

"很明显，"我说，"咱们能就莎士比亚聊很多有趣的话题。"

"你俩真是有品位，"乔安娜说，"我得说，我一直觉得莎士比亚无聊极了。总描写一些所有人都喝醉了的场景，这有什么有趣的？"

"说到喝酒，"我转而去问梅根，"现在你感觉怎么样？"

"很好啊，谢谢你。"

"不觉得头晕眼花吗？没有出现两个乔安娜之类的幻影吗？"

"没有，我只是觉得好像很想说话。"

"太棒了！"我说，"很明显，你是个天生能喝酒的人。如果刚才那杯确实是你喝过的第一杯鸡尾酒的话。"

"哦，是的。"

"对一个人来说，拥有一颗强健的大脑是项不错的资本。"我说。

乔安娜带梅根上楼去放行李了。

帕特里奇来到客厅，神情不快，说午饭她只准备了两杯奶油冻，问我该怎么办。

第六章

1

验尸聆讯在三天后进行。验尸程序办得尽量高雅得体,来宾很多,用乔安娜的话说,满眼都晃动着饰有珠子的女帽。

辛明顿太太的死亡时间被推定为下午三点至四点之间。当时她独自在家,辛明顿先生在办公室,女佣都休假了,埃尔西·霍兰德和男孩们在户外散步,梅根骑车出去了。

那封信一定是下午的邮差送来的。事情的经过应该是,辛明顿太太从信箱里取出信,拆开看了——之后在心烦意乱的状态下走到盆栽棚里,拿了一些准备捣毁黄蜂巢的氰化物,回到房间混在水里喝了,死之前写下焦虑不安的遗言:"我活不下去了……"

欧文·格里菲斯提供了医学证据,并强调了他的判断,即辛明顿太太患有严重的神经衰弱,同时忍耐力很差。验尸官文雅而谨慎。他严厉斥责了那些写卑鄙匿名信的人。他说,无论那封邪恶且充满谎言的信是谁写的,从道德上来说就是犯了谋杀罪。他希望警方能尽快查出罪犯,将其绳之以法。这种无耻而恶毒的行为,应该被处以最高刑罚。在他的影响下,陪审团做出了例行裁决:辛明顿太太是在暂时精神失常的状态下自杀。

验尸官尽了全力,还有欧文·格里菲斯,然而事后当我挤在一群七嘴八舌的村妇中时，还是听到了早已熟悉的、充满恶意的评论："我就说，无火不生烟！"、"信里写的肯定确有其事，不然她不会那样做……"

就在那一刻，我开始憎恨林姆斯托克这块狭小的地方，以及这些喜欢嚼舌根子的女人。

2

我已经不太记得事情发生的确切顺序了。但我很肯定，下一起重要事件是纳什警长来访。不过在此之前好像还接到了很多电话，见到了来自社区内各式各样的人。每个人都挺有趣，并且都或多或少与事件中的人物有些交集，彼此也都互相了解。

艾米·格里菲斯是在验尸聆讯之后的那天早晨来的。她还是老样子，神采奕奕，容光焕发，精力充沛，行为也像往常一样，几乎是瞬间就把我惹火了。乔安娜和梅根出门了，我只得尽好主人的职责招待她。

"早上好，"格里菲斯小姐说，"我听说你们把梅根·亨特接过来住了？"

"是的。"

"你们真是太善良了。这对你们来说肯定是个大麻烦吧。我过来是想说，如果你们愿意，可以把她送去我那儿待几天。我敢保证我能找到让她发挥些作用的方法。"

我十分厌烦地看了艾米·格里菲斯一眼。

"您真好心。"我说，"但我们挺喜欢她住这儿的。她到处转转，也挺开心。"

"这我相信，那孩子就爱到处瞎逛。我觉得她是不由自主，毕竟她脑子有点问题。"

"我倒觉得她是个非常聪明的姑娘。"我说。

艾米·格里菲斯狠狠地瞪了我一眼。

"我还是第一次听人这么评价她。"她说,"你怎么会这么想?跟她说话时,她就看着你,仿佛完全听不懂你在说什么!"

"她可能只是不感兴趣罢了。"我说。

"真要是这样,那她可太无礼了。"艾米·格里菲斯说。

"可能有些无礼,但她绝对不是傻子。"

格里菲斯小姐厉声强辩道:"那起码也是心不在焉。梅根最需要的是找份实在的工作——能给她的生活增添些乐趣的事。你不知道这会对一个女孩的生活起到多大的影响。我太了解女孩们了,成为女童子军对一个女孩的影响会让你吓一大跳。梅根早过了浪费时间到处闲逛、什么也不做的年纪了。"

"目前她不太适合去做任何事。"我说,"辛明顿夫人似乎总觉得梅根只有十二岁。"

格里菲斯小姐哼了一声。

"这我知道。我也很不屑她的这种态度。现在她死了,我不想过多评论逝者,但她确实是我所谓的不聪明的本地人中的典型。桥牌、八卦,加孩子——反正有那个叫霍兰德的姑娘照顾他们。恐怕我平时不是太在意辛明顿夫人,但我毫不怀疑那些事是真的。"

"是真的?"我尖声反问。

格里菲斯小姐的脸唰的一下红了。

"我十分同情迪克[①]·辛明顿,一切都在验尸聆讯那天爆发出

[①]理查德的昵称。

来,"她说,"他一定很不好过。"

"可你应该也听到他说那封信里没有一个字是真的,他十分确定这一点。"

"我当然听到他这么说了。没错。男人确实应该为自己的老婆撑腰。迪克做到了。"她停顿了一下,接着说道,"知道吗,我和迪克·辛明顿很早以前就认识。"

我有些惊讶。

"真的吗?"我说,"我听你弟弟说他是几年前才来这边的。"

"是的,但迪克·辛明顿之前常去我们北方。我认识他好几年了。"

女人总能马上得出结论,这一点男人可做不到。然而,艾米·格里菲斯的语调突然变得柔和了,唤起了我深埋在脑海里的关于家里那位老护士的记忆。

我好奇地看着艾米。她继续解释,保持着柔和的语调。

"我很了解迪克……他是个骄傲的男人,并且十分内敛。但也是个忌妒心极强的男人。"

我谨慎地选择用词,说道:"这就难怪辛明顿夫人不敢给他看那封信了。她害怕,作为一个忌妒心极强的男人,他很可能不会相信她的辩白。"

格里菲斯小姐愤怒而不屑地看着我。

"天哪,"她说,"你觉得一个女人会因为一些莫须有的指控就吞下一堆氰化钾吗?"

"至少法医认为是这样的。还有你弟弟——"

艾米打断了我的话。

"男人都一样,一切都是为了面子。但这种鬼话我可不信,倘若匿名信上的指控都是谎言,女人会大笑着把它们扔了。起码我——"说到一半她突然停住了,然后说,"会这么做。"

我注意到这短暂的停顿。基本可以肯定她原本是想说"是这么做的"。

我决定直接攻入敌军阵营。

"这样啊,"我口气轻快地说,"这么说你也收到了一封?"

艾米·格里菲斯是那种不太会撒谎的女人。她愣了一分钟,脸红着说:"哦,是的,不过它并未给我带来困扰!"

"也很刻薄?"我像个患难知己一般关心地问。

"当然。这种信不都这样吗,全是疯言疯语。我只读了几个字就意识到全是疯话,于是把它扔进废纸篓了。"

"你就没想过把信交给警方吗?"

"当时没那么想。多一事不如少一事,这是我当时的想法。"

我迫不及待地想说出那句"无火不生烟",但控制住了自己。接着我将话题转到梅根身上。

"你知不知道梅根的经济状况?"我问,"我这么问并非出于好奇,而是想知道她是否能离开家过活。"

"我觉得完全没问题。我记得她的祖母——父亲的母亲——给她留了一笔钱。而且不管怎么说,迪克·辛明顿总会给她找个住的地方,并供养她,尽管她母亲什么都没给她留。但不能这样,这是原则问题。"

"什么原则?"

"工作,巴顿先生。无论对男人还是女人,工作都非常重要。无所事事是项不能宽恕的罪过。"

"爱德华·格雷爵士,"我说,"我们的外交部长,曾因生活闲散且屡教不改被牛津开除。我还听说威灵顿公爵不仅笨,而且读书很不上心。还有,格里菲斯小姐,你是否想过,如果小乔治·斯蒂芬森①随着青年运动离开家门,而不是懒散地在母亲的厨房里走来走去,直到茶壶盖奇特的造型闯入他空空的脑袋,你还能坐着快车去伦敦吗?"

艾米只是哼了一声。

"我的观点是,"我继续强调,"大部分做出重要发明和辉煌成就的天才都自由散漫——无论是被迫的还是自愿的。人类的大脑很容易接受外来思想的灌输,只有在缺少这种影响时,才会自然而然地自主思考——而这种思考,记住,才是真正意义上的思考,才可能创造价值。"

我连哼一声的空隙都没给艾米留,继续道:"同样适用于艺术领域。"

我站起身,从桌上拿起我常伴在身、非常喜欢的一张中国画相片。相片里有一位老人,坐在树下,手指和脚趾上缠着细绳,正在玩绷绳游戏。

"这是一次中国画展上的作品,"我说,"我很喜欢,容我给你介绍一下。这幅画名为'老夫享闲乐'。"

艾米·格里菲斯对我钟爱的这幅画不屑一顾。她说:"哦,谁都知道中国人是什么样!"

"你一点也不感动吗?"我问。

"老实说,不。我想我对艺术不太感兴趣。你的态度,巴顿先生,是典型的男性态度。你不喜欢女人工作,成为你们的竞争者——"

我大吃一惊,居然遇上了一位女权主义者。艾米已经有些激动,她两颊绯红。

---

①英国工程师,第一次工业革命期间发明蒸汽火车。

"在你们看来,追求事业的女性无法理喻。我父母就是这样的。我无比想成为一名医生,但他们不愿为我支付学费,却早早把钱准备好供养欧文读书。若不是这样,我将成为比欧文更出色的医生。"

"真令人遗憾。"我说,"这对你来说太残酷了。如果人想做一件事——"

她突然插嘴道:"哦,这件事已经过去了。我非常积极乐观,我的生活忙碌而精彩。我是林姆斯托克最快乐的人之一。我有很多事要做,但我真的强烈反对女人就该待在家里这种老套、愚蠢的偏见。"

"我为我的冒犯道歉。"我说,"我不是那个意思。我只是觉得梅根不适合在家待着。"

"哦,那个可怜的孩子,恐怕哪里都不适合她。"艾米已经冷静下来,她又能正常地说话了,"她父亲,你知道——"

她说到这里停了下来,我坦率地接话。"我不知道。每个人在说到'她父亲'之后都会压低声音,这是怎么回事?那个男人做了什么?他还活着吗?"

"其实我也不知道。这件事恐怕我只了解个大概。但他肯定不是个好人,我觉得他应该在监狱里。肯定有特别明显的变态行为。因此我一点也不意外梅根会有点'缺根筋'。"

"梅根,"我说,"她思维健全,心智成熟,正如我刚才所说,我觉得她是个十分聪明的姑娘。我妹妹也这么认为,乔安娜也很喜欢她。"

艾米说:"我猜你妹妹一定觉得这里很无聊吧?"

她说话的语气让我发现了另一件事——艾米·格里菲斯不喜欢我妹妹。她的语调中带着些礼节性的呆板。

"我们都很好奇,你们怎么会在这与世隔绝的荒凉地方过活。"

我回答了这个问题。

"是医生要求我们这么做的。让我去一个安静平和的地方。"我停顿了一下,补充道,"现在看来,林姆斯托克似乎并不合适。"

"哦,不,完全不合适。"

她看起来有些慌张,起身要走。她说:"知道吗,这些残忍卑劣的事该有个了断了!我们不能继续任其发展。"

"警方没什么动作吗?"

"我想没有,但我觉得我们该自发做点什么。"

"我们不像他们那么专业。"

"胡说!我们比他们更敏锐、更聪明!目前只需要一点决心。"

她突然与我道别,离开了。

等乔安娜和梅根散步回来,我把那幅中国画拿给梅根看。她的脸马上散发出神采,说:"天堂般的生活,不是吗?"

"我也这么认为。"

她的额头挤出皱纹,我很熟悉这一表情。

"但很难做到,是不是?"

"什么都不做很难?"

"不,不是,是很难什么都不做却还乐在其中。得等到你很老——"

她停下话头,我接着说:"他确实是位老人。"

"我所谓的老指的不是这个,不是年龄。我说的老的意思是——是……"

"你的意思是,"我说,"一个人要达到足够高的文明开化程度,才能呈现出这样一种状态——既老练又简单的绝妙平衡,对吗?我想我可以帮你,梅根,只需给你读一百首翻译过来的中文诗。"

3

那天晚些时候,我在街上遇到了辛明顿。

"梅根和我们一起住几天真的方便吗?"我问,"可以给乔安娜做个伴,她在这里没什么朋友,有时觉得很孤独。"

"哦——呃——梅根?哦,是的,你们太好了。"

我忽然对辛明顿产生了一股无法克制的不满。他显然已经完全忘记了梅根。如果他只是不喜欢梅根,我反倒不会介意,男人有时会忌妒妻子前夫的孩子。但他不是不喜欢她,而是根本不在意她。他对梅根的态度,就像一个不喜欢狗的人对待家里养的狗——只会在不小心被它绊到时骂它几句,或者在狗凑上来的时候伸手随便拍拍它。辛明顿对继女的冷漠态度让我非常生气。

我说:"你打算怎么安置她?"

"梅根?"他似乎吃了一惊,"哦,她会继续住在家里。当然了,这里是她家。"

我亲爱的祖母以前常常一边弹吉他一边唱些老歌。我记得有一首是这样唱的:

哦,最亲爱的姑娘,我不在这里,
我没有容身之处,没有任何地位,
无论海里还是岸上,都无处容身,
只能在你的心中。

回家的路上,我一直哼着这首歌。

4

下午茶刚结束,艾米丽·巴顿就来了。

她来聊花园的事。我们聊了大约半小时之后,一起向屋后走去。

就在这时,她压低了声音,轻声道:"我希望那孩子——这件可怕的事没让她太难受吧?"

"你是说她母亲的死?"

"当然。不过我其实指的是这件事背后的那些不快。"

我很好奇,等着巴顿小姐进一步解释。

"你怎么看?那是真的吗?"

"哦,不,不,当然不是。我非常肯定辛明顿太太绝不——她没有——"矮小的艾米丽·巴顿脸颊泛红,含糊不清地说,"我是说那绝对不可能是真的——不过也会有人认为有这种可能。"

"可能?"我凝视着她说。

艾米丽·巴顿的脸更红了,特别像一座德累斯顿的牧羊女造型瓷器。

"我总是不由自主地想到那些可怕的信,它们引起那么多伤心和痛苦,肯定别有用心。"

"寄信人当然别有用心。"我冷酷地说。

"不,不,伯顿先生,你误会我了。我不是在说那个迷失方向的写信人——这个人显然堕落太深。我的意思是,这样的事情居然被上帝所允许!一定是为了提醒我们意识到自己的缺点。"

"当然,"我说,"但全能的上帝也可以选择一种不这么令人厌恶的方式吧!"

艾米丽小姐嘟囔着说天意难测。

"不,"我说,"人往往把自己出于自由意愿做出的事归于天意。我甚至可以说是魔鬼的化身。巴顿小姐,上帝其实不用惩罚我们,我们一直在不断地惩罚自己。"

"我不明白,为什么会有人做这种事?"

我耸耸肩说:"心理扭曲。"

"听起来有些可怜。"

"我不觉得可怜。我只认为很可耻。我不会为用了这么极端的词而道歉,我就是这个意思。"

巴顿小姐脸上的红晕退去了,脸色变得十分苍白。

"可是为什么,伯顿先生,为什么?这样做能得到什么快乐吗?"

"幸好你我都无法理解,感谢上帝。"

艾米丽·巴顿压低了声音。

"他们都说是克里特夫人干的,但我真的不相信。"

我摇了摇头。她有些烦躁地继续说道:"以前从来没发生过这种事,至少我不记得。这个小地方一直很快乐。我亲爱的母亲看到这些事会怎么说呢?哦,幸好她已经过世了。"

从我听到的关于老巴顿太太的一些评论来看,她可以承受任何事情,甚至很愿意听到这种新鲜刺激的事。

艾米丽继续说道:"这件事让我太难过了。"

"你——嗯——收到过匿名信吗?"

她的脸变成了深红色。

"哦,不——哦,不,真的没有。哦!如果收到那就太可怕了!"

我立刻向她道歉,可她马上走了,看起来很不安。

我回到家里,乔安娜坐在客厅里刚点燃的火炉边,夜晚还是有些冷的。

她正在看一封信。

我一进门,她马上转过头来看着我。

"杰里!我在信箱里发现的这封信,是有人直接投进去的。第一句话就说:'你这个虚伪的妓女……'"

"还有什么?"

乔安娜大笑起来。

"还是老一套。"

她把信扔进火里。我急忙抢上前把信抓了出来,差点伤到后背。

"别烧,"我说,"也许会有用。"

"有用?"

"我是说警方。"

5

第二天早上,纳什督察来家里找我。第一眼看到他,我就很喜欢他。他是那种最标准的"犯罪调查科"督察。高高的个子,身姿如军人般挺拔,两眼沉着安定,态度率直而不虚伪。

他说:"早上好,巴顿先生,相信你能猜到我来拜访的原因。"

"嗯,我想是为了匿名信的事。"

他点点头。

"听说你也收到过一封?"

"对,刚搬来不久就收到了。"

"信里是怎么说的?"

我想了一下，然后尽量逐字把信里的内容复述出来。

督察一脸严肃地听着，没有流露出任何情绪。

我说完之后，他开口道："我知道了。你没把信留下来吗，巴顿先生？"

"很抱歉，没有。你知道，我当时以为这只是孤立外来人的方式。"

督察点点头，表示理解。然后简短地说了一句："真可惜。"

"不过，"我说，"我妹妹昨天又收到一封，她本想扔进壁炉，被我及时阻止了。"

"谢谢你，巴顿先生，你考虑得真周到。"

我走到书桌边，打开抽屉拿出那封信。我把信锁起来是不想让帕特里奇看到。

我把信交给纳什。

他看了一遍，然后抬起头问我。

"从表面上看，这封信跟上次那封一样吗？"

"我想是一样的，至少就我记得的部分而言。"

"信封和信纸都一样的？"

"对，"我说，"信封上的字是用打字机打上去的，信的内容是用从报纸上剪下来的字拼贴起来的。"

纳什点点头，把信放进口袋。然后说："巴顿先生，你是否介意跟我到局里去一趟？我们聊一聊，这样可以节约时间，避免重复询问。"

"当然，"我说，"现在就走吗？"

"如果你不介意。"

门外停着一辆警车，我们上车出发了。

我说："你觉得这件事能查个水落石出吗？"

纳什自信地点点头。

"哦,是的,我们一定会查个水落石出,只是时间和程序问题。这种案子通常进展缓慢,不过一定会查清。只需要缩小范围就可以了。"

"淘汰法?"

"是的。照程序办事。"

"留意各家的信箱,检查打字机、指纹,诸如此类?"

他微笑道:"正是如此。"

到了警察局,我发现辛明顿和格里菲斯已经在那里了。纳什把我介绍给一个身穿便装,下巴突出的高个子男人——格里夫斯巡官。

"格里夫斯巡官,"纳什介绍道,"从伦敦来,给我们提供帮助。他是匿名信案件领域的专家。"

格里夫斯巡官悲凉地笑了笑。我想,用一生的时间追查匿名信出自谁手,一定格外令人沮丧。不过格里夫斯巡官表现出一种忧郁的热情。

"这种案子全都一样,"他的声音低沉忧郁,像一只垂头丧气的侦探犬,"信里的用词和内容总是要吓人一跳。"

"两年前我们办过一件匿名信的案子,"纳什说,"当时也是格里夫斯巡官帮的忙。"

我看到格里夫斯面前的桌子上散落着一些信件,显然都被他仔细检查过了。

"这种案子的难点,"他说,"就是收集这些匿名信。收到信的人不是把信丢进壁炉,就是根本不承认收到过信。这很愚蠢,你知道,害怕跟警方打交道。但这里有很多人都是这样。"

"不过目前我们已经有不少信了,足以着手调查。"格里夫斯说。

纳什从兜里掏出我刚给他的那封信,递给格里夫斯。

格里夫斯看完信,把信放在桌上,满意地说:"非常好——真是好极了。"

换成是我,可不会如此赞扬这些惹来麻烦的信,不过专家可能有其独到的视角。这种满篇谩骂淫秽之词的肮脏东西竟能给某些人带来乐趣,我觉得很有趣。

"我认为,手头的信息已足够我们展开调查了。"格里夫斯巡官说,"我想嘱咐各位,如果再接到匿名信,请立刻送到警察局来。另外,如果听说其他人收到匿名信——尤其是你,医生,请特别留意你的病人——努力劝他们把信送来。目前我已经有——"他伸出手指点着桌上的信,"一封辛明顿先生的,两个月以前收到的;一封格里菲斯医生的、一封金奇小姐的、一封马吉太太的、一封三冠酒店的女侍詹妮弗·克拉克的,以及辛明顿太太、巴顿小姐和银行经理,都收到过信。"

"非常有代表性。"我说。

"毫无新意,和其他案子大同小异。这封信和那个女帽商店的女人写的很相似。这封和我们在诺桑伯兰那个案子中发现的信差不多——最终发现是一个在校女学生写的。说实话,各位先生,我真希望看到一些'新'东西,别总是这些陈词滥调。"

"日光之下,并无新事。[①]"我喃喃说道。

"太对了,先生,如果你干我们这一行,就会知道这句话完全正确。"

[①]原文为"There is nothing new under the sun."出自《圣经·传道书》1:9,"The thing that hath been, it is that which shall be; and that which is done is that which shall be done: and there is no new thing under the sun."译为"已有的事,后必再有,已行的事,后必再行。日光之下,并无新事。"

纳什叹了口气，说："是的，确实如此。"

辛明顿问："关于写信人的身份，你们是不是已经很确定了？"

格里夫斯清了清嗓子，发表了一小段讲话。

"这些信有几个共同点。先生们，我可以在这里一一列举一下，也许能让你们想到些什么。这些信的正文是从同一本书上剪下来拼成的。是一本很旧的书，我认为是一八三〇年左右出版的。这样做的目的显然是不想被人认出笔迹，如今大多数人都知道，笔迹鉴定是一件很简单的事……不过这种伪装在专家眼里根本算不上什么。信封上没有明显的特征，信纸上没有指纹。也就是说，除了投递人员、收信者和一些零乱的指纹之外，没有任何共同的特别指纹。由此可见寄信者非常谨慎，操作时戴了手套。信封上的字是用温莎七号打字机打的，机器老旧，'a'和't'两个字母和其他的不在一条直线上。大部分信是从本地投寄的，或者直接放入信箱，因此写信的人就在本地。写信者为女性，我认为年龄在中年或以上，很可能——这一点不是很确定——未婚。"

我们充满敬意地沉默了一两分钟。

然后我说："打字机是最有用的线索，对不对？在这种小地方，要找出来并不困难。"

格里夫斯巡官难过地摇了摇头，说："那你就错了，先生。"

"不幸的是，"纳什督察说，"那部打字机太容易找到了。它本来是辛明顿先生在办公室里用的，然后他送给了女子学校，任何人都很容易接触到。这里的女士们常常去女子学校。"

"难道不能从……呃，打字习惯判断出什么吗？你们是这么说的吧？"

格里夫斯点点头。

"是的,可以——但这些信封是写信者用一根手指打的。"

"是某个不太会用打字机的人吗?"

"不,我认为不是这样的。应该是某个会打字的人,但不希望被我们发现。"

"不管写信的是谁,此人实在是太狡猾了。"我慢慢地说。

"是的,先生,她确实很狡猾。"格里夫斯说,"用尽了花招。"

"我想这里的乡下妇女没有这样的头脑。"我说。

格里夫斯咳了一声。

"可能是我没说清楚,写信者是个受过教育的女性。"

"什么?是位淑女?"

这个词不由自主地冒了出来。我已经多年不用"淑女"这个词了,这时却脱口而出,语气正如我的祖母,模糊而傲慢的声音说:"当然,亲爱的,她不是个淑女。"

纳什立刻明白了我的意思。"淑女"这个词对他而言也有某种意义。

"不一定是淑女,"他说,"但肯定不是个乡下妇女。村妇们大都目不识丁,不会拼写,当然更不可能用书面语流利地表达自己的想法。"

我没说话,因为我感到非常震惊。这地方其实很小。我不自觉地认定写信人是个像克里特夫人一样心怀恶意、阴险狡猾的傻瓜。

辛明顿把我的想法说了出来。他厉声说道:"这样的话,范围就缩小到十几个人了!"

"是的。"

"我真不敢相信。"

然后,他尽量克制着情绪,眼神空洞地看着前方,好像厌恶自己说话的声音般又开了口。

"你们都听到了我在警方问询时的陈述。也许各位会认为我是想保护妻子的名誉，在这里我要重复一遍，我相信她收到的那封匿名信上所说的事完全是捏造的。我能肯定。我妻子是个非常敏感的女人，而且——呃——你们甚至可以说她在某些方面过于保守。那封信让她受到很大的打击，加上她身体一直不好。"

格里夫斯立刻回应。

"您说得对，先生。这些匿名信中都没写什么私人秘密，只是盲目地指控。没有敲诈的意思，也没有任何宗教倾向——和之前我们所遇到的不同。只有性丑闻和恶意！这反而方便我们追查写信人。"

辛明顿站了起来。尽管他这个人一向冷漠乏味，这时却双唇颤抖。

"希望你们能尽快找到写这些信的魔鬼，她的所作所为不异于用一把刀杀死了我的妻子！"他停顿了一下，"不知道她现在有何感想，我真想知道。"

他走了出去，留下这个没有解答的问题。

"她会有什么感想，格里菲斯？"我问道，觉得回答这个问题是他的职责。

"天知道。也许是懊悔吧。不过从另一个方面说，或许她正得意于自己的支配力。辛明顿太太的死可能满足了她变态的欲望。"

"但愿不是这样，"我说着轻轻颤抖了一下，"因为如果是的话，那她就——"

我犹豫了一下，纳什替我把话说完了：

"她就会再度下手？巴顿先生，那对我们来说是再好不过的事情！要知道，做得越多错得越多。"

"她会疯狂地继续！"我大声叫道。

"她会再度下手的，"格里夫斯说，"这种人总是这样。你知道，这是一种怪癖，染上之后就戒不掉。"

我摇摇头，又感到一阵战栗。我问他们是否还需要我在场，我实在很想出去呼吸点新鲜空气。这里的气氛已被渲染得异常邪恶。

"没别的事了，伯顿先生，"纳什说，"只需你睁大眼睛，尽量帮我们进行宣传——简单地说，就是让收到信的人立刻跟我们联络。"

我点了点头。

"现在我觉得这里的每个人可能都收到过这邪恶的东西。"我说。

"我在想，"格里夫斯微微偏着头，问，"你知不知道有什么人确实没收到过匿名信？"

"多么奇怪的问题！这里的人都不太可能跟我说个人私事。"

"不，不，巴顿先生，我不是这个意思。我只是想问，你知不知道哪个人，确定没有收到过匿名信——就你所知。"

"哦，事实上，"我犹豫了一下，"确实有，我想。"

于是我复述了一遍和艾米丽·巴顿的谈话。

格里夫斯面无表情地听完，然后说："嗯，这或许有用，我要记下来。"

我和欧文·格里菲斯一起走到户外的午后阳光下。一到街上，我就开始大声咒骂。

"这可真是个适宜晒太阳养病的好地方啊！表面上看起来像伊甸园一样祥和纯净，其实遍地是腐烂的毒药。"

"即使是伊甸园,"欧文冷冷地说,"也有毒蛇。"

"我说,格里菲斯,他们是不是知道什么?有什么线索了吗?"

"我不知道。他们确实手段高明,我是说警察。他们看起来很坦诚,却其实什么也不透露。"

"是的。纳什是个好人。"

"而且很能干。"

"如果这里有人精神不正常,你是应该知道的。"我用指责的语气说。

格里菲斯摇了摇头。他看起来很沮丧。不,不仅如此——他看起来很焦虑。我在想他是不是想到了什么。

我们沿着高街向前走,我在房屋中介公司门口停下脚步。

"我想我的第二段租期快到期了,我真想把账结清,和乔安娜马上搬走。剩下的租约不要了。"

"不要走。"欧文说。

"为什么?"

他没有回答,过了一两分钟才说:"好吧——我想你是对的,现在的林姆斯托克确实不健康。它可能——可能会伤害你或者——或者你妹妹。"

"没有任何东西会伤害到乔安娜,"我说,"她很坚强,而我很软弱。不知怎么的,这件事让我很不舒服。"

"我也一样。"欧文说。

我将房屋中介公司的门推开了一半。

"不过我不会走,"我说,"原始的好奇心战胜了胆怯。我想知道结局。"

我走了进去。

一位正在打字的女士站起身朝我走来。她留着一头卷发,脸上带着假笑，不过我发现她比外面办公室里那位走来走去的眼镜女孩要聪明些。

过了一两分钟，我忽然意识到为什么她看起来那么眼熟。她是金奇小姐，之前在辛明顿手下工作。于是我直截了当地问："你曾在'加尔布雷思，加尔布雷思和辛明顿律师事务所'工作，是吗？"

"是的，是的，确实如此。不过我觉得还是离开好。这里虽然待遇不高，但是一份好工作。毕竟有些东西比金钱更重要，你说是吗？"

"毫无疑问。"我说。

"那些可怕的匿名信！"金奇小姐吸着气低声说道，"我就收到过一封，说我和辛明顿先生——哦，太可怕了，全是些吓人的话！我明白自己的职责，把信交给了警方，当然这对我来说实在不是件愉快的事，对不对？"

"是的，是的，非常不愉快。"

"不过警方谢了我，说我做得对。可是后来我又想，如果人们议论——显然会有，要不写匿名信的人怎么会想到这些事——那么，即便我和辛明顿先生之间没有任何不正常，我也应该回避一下。"

我不由得有些难堪。

"不，不，你们当然没什么。"

"可人的想法就是那么邪恶。是的，太邪恶了！"

我紧张地想要回避，却正巧碰上她的视线，这让我发现了一件令人很不愉快的事。

金奇小姐非常得意。

今天，我已经遇到过一个对匿名信饶有兴趣、津津乐道的人。然而格里夫斯巡官的热情是职业使然,而金奇小姐的乐在其中只让我感到厌恶和恶心。

一个念头从在我的脑海闪过。

那些匿名信会不会是金奇小姐写的?

第七章

1

回到家,我发现邓恩·卡尔斯罗普太太正坐着和乔安娜聊天。她气色很差,一脸病容。

"这件事太让我震惊了,伯顿先生,"她说,"可怜!可怜的人!"

"是的,"我说,"被迫自杀,想起来真是可怕。"

"哦,你是说辛明顿太太吗?"

"难道你不是在说她吗?"

邓恩·卡尔斯罗普太太摇摇头。

"她的事当然令人难过,但这迟早会发生,不是吗?"

"是吗?"乔安娜冷冷地问。

邓恩·卡尔斯罗普太太转向她。

"哦,我想是这样的,亲爱的。如果一个人认定自杀是逃避麻烦的方法,那麻烦本身不管是什么都没有那么重要了。无论什么时候,只要遇到令她不快的打击,她都会选择这种方式。这件事的根本原因在于她就是这样的女人,之前我们谁也没想到。我一直觉得她是个自私的女人,还有点儿愚蠢,对生活中的一些事很固执,可没想到她这么经受不住打击——我现在才意识到,我对别人的了解实在是太少了。"

"我还是不明白,你刚才说的'可怜的人'指的是谁?"我问。

她看着我。

"当然是那个写匿名信的女人。"

"我可不会把同情心浪费在她身上。"我冷冷地说。

邓恩·卡尔斯罗普太太倾身向前,一只手放在我的膝盖上。

"你没发现,也没感觉到吗?运用一下你的想象力。她得多么绝望、多么不快乐,才会独自坐下来写这样的信啊。她一定非常孤独,非常与世隔绝。她的心被毒药一遍遍地侵蚀,最终邪恶地找到了这种发泄方式。因此我才会这么内疚。这个镇上竟然有人如此不快乐,我却完全不知道。我应该知道的。我们不能干涉别人的生活——我从不这么做。可那种内心绝望的痛苦,就像一条中毒的手臂,乌黑肿胀。如果能把整条胳膊砍掉,毒液就会被彻底驱除,不造成任何伤害。哦,可怜的灵魂,可怜的灵魂。"

她起身准备离开。

我并不同意她的看法。无论是谁写了匿名信,我都对她毫无同情心。不过我还是好奇地问:"你是不是知道这个女人是谁,卡尔斯罗普太太?"

她用那双困惑的眼睛看着我。

"我可以猜测一下,"她说,"但可能会猜错,是不是?"

她迅速地往门外走,突然回过头问:"告诉我,伯顿先生,你为什么一直没结婚?"

这个问题如果是其他人问,就显得有点鲁莽,但是从卡尔斯罗普太太嘴里问出来,只让你觉得她不过是忽然想到了这个问题,并且非常想知道答案。

"可以这么说吗——"我挖苦般地答道,"是因为我一直没遇到合适的女人。"

"可以这么解释,"卡尔斯罗普太太说,"但这不是一个很好的答案,因为显然有很多男人都没有娶到合适的女人。"

这次,她真的离开了。

乔安娜说:"你知道,我真的觉得她有点疯狂,不过我喜欢她。村里的人都怕她。"

"我也有点怕她。"

"因为你不知道接下来会发生什么?"

"是的,而她总是能蒙对。"

乔安娜慢慢地说:"你真的认为写匿名信的人很不快乐吗?"

"我不知道那个该死的巫婆是怎么想或怎么感受的!我根本不关心这个问题,我只为她的受害者难过。"

现在回想起来,有件事真是奇怪:我们猜测谁是那支"毒笔"的主人时,竟然忽略了最明显的一个人。格里菲斯曾经说她可能会兴高采烈;我觉得她可能会感到后悔;而卡尔斯罗普太太则认为她正经受着痛苦。

但我们恰恰忽略了最明显、最无法回避的一个反应——或者说是我没有想到——那就是"恐惧"。

随着辛明顿太太的死亡,那些匿名信已经成了另一种东西。我不知道法律上如何定义——我想辛明顿应该知道——但显然,造成一个人死亡,写信人的处境就很危险了。如果写信人被找出来,人们绝对不可能把这件事当成笑话一笑了之。警方非常积极,一位苏格兰场的专家也介入了。现在,匿名信的作者保持匿名变得更加重要。

既然"恐惧"是第一反应,那么其他事情也会跟着发生。然而我当时也忽略了这一可能,尽管这些事是很明显的。

2

　　第二天早晨，乔安娜和我下来吃早餐的时间都晚了。我是说，按照林姆斯托克的标准来说晚了。当时是九点半，如果在伦敦，这个时间乔安娜可能刚睁开一只眼，我恐怕还在梦里呢。然而当帕特里奇问"早餐是八点半开始还是九点"时，乔安娜和我都没好意思建议推迟一小时。

　　让我不太高兴的是，艾米·格里菲斯正站在门前的台阶上和梅根聊天。

　　一看到我们，她立刻表现出一贯的热情。

　　"嗨，懒虫们，我已经起床好几个小时了。"

　　那当然是她自己的事。医生都要很早起床用餐，他尽职的姐姐则要为他准备茶或咖啡。然而，这不是打扰睡意正浓的邻居的理由，而且早上九点半并不是合适拜访别人的时间。

　　梅根迅速溜回屋子，进了餐厅。我估计刚才艾米·格里菲斯打断了她的用餐。

　　"我说过我不进去。"艾米·格里菲斯说。

　　我不明白，为什么会有人觉得强迫主人在门口聊天要比进屋谈话好一些。

　　"我只是想问问巴顿小姐，有没有多余的蔬菜放到我们在主路上设立的红十字会施舍摊上。如果有的话，我就让欧文开车来取走。"

　　"看来你一早就出门了啊。"我说。

　　"早起的鸟儿有虫吃。"艾米说，"这个时间比较容易找到你想找的人。接下来我要去找派伊先生，中午去布兰登家。差不多就是这条路线。"

"你精力真充沛,我听着都觉得累。"我说。恰在此时,电话铃响了,我回到客厅去接,剩下乔安娜含含糊糊地与她谈论大黄和法国豆,暴露出自己对菜园的无知。

"哪位?"我冲着听筒问。

电话那头先传来一声困惑的深呼吸声,接着是一个女性的声音,语气中透着怀疑,感叹了一声:"哦!"

"哪位?"我又用鼓励的口气问。

"哦,"那声音又说,然后含含糊糊地问,"是不是——我是说——是不是小弗兹啊?"

"是小弗兹。"

"哦!"这次显然是准备说话的口气。对方又小心翼翼地问:"我可以跟帕特里奇小姐说一句话吗?"

"当然可以,"我说,"我该告诉她是谁打来的呢?"

"哦,告诉她是安格妮斯,可以吗?安格妮斯·华戴尔。"

"安格妮斯·华戴尔?"

"是的。"

我忍住想说"你是唐老鸭吗"[①]的冲动,放下听筒,冲正在楼上忙着的帕特里奇喊叫。头顶传来一阵叮叮咚咚的声音。

"帕特里奇,帕特里奇。"

帕特里奇出现在楼梯口,手上抓着一只长拖把,一成不变的尊敬表情后面,难掩"又怎么了"的不耐。

"有事吗,先生?"

"安格妮斯·华戴尔打电话找你。"

"什么?"

[①] 上文安格妮斯·华戴尔的原文为 Agnes Waddle,其中 Waddle 意为摇摇摆摆地走,因此有这里的打趣。

我提高声音说:"安格妮斯·华戴尔。"

刚才我已经在脑海里思考了一下这个名字的拼法,这时我说了出来。

帕特里奇说:"安格妮斯·华戴尔——她会有什么事?"

帕特里奇显然已失去平常的镇定。她把拖把放在一边,快步走下楼梯,印花连衣裙随身子扭成一团,发出窸窸窣窣的声音。

我小心地走进餐厅,看到梅根正在低头大吃培根和腰子。梅根不像艾米·格里菲斯,脸上没有装出"愉快的早上"的表情。事实上,我向她道早安时她只是粗鲁地回了一句,又继续默默吃她的早餐。

我打开早报,读了不一会儿,乔安娜就走了进来,看起来似乎有些崩溃。

"呼!"她说,"累死了!我想我一定表现得很笨,连什么季节种什么蔬菜都不知道。难道这时候没有红花菜豆吗?"

"秋天才有。"梅根说。

"哦,可是伦敦一年四季都有啊。"乔安娜辩驳道。

"那是罐头,可爱的傻瓜,"我说,"冷藏起来,用船从很偏僻的地方运来的。"

"就像象牙、猿猴和孔雀一样?"乔安娜问。

"一点儿没错。"

"我宁可要孔雀。"乔安娜若有所思地说。

"我倒想养只猴子当宠物。"梅根说。

乔安娜一边剥橘子,一边沉思道:"我很想知道像艾米·格里菲斯那样的人是怎么想的。她健康又有活力,完全在享受生活。你认为她也有疲惫、失望或忧伤的时候吗?"

我说我相信艾米·格里菲斯从未感到忧伤,然后就跟着梅根穿过落地窗，走向走廊。

我正站着装烟丝时，听到帕特里奇走进餐厅，接着传来她严肃的声音。"我可以跟你谈一会儿吗，小姐？"

"老天，"我心想，"帕特里奇可别说什么，不然艾米丽·巴顿一定会很生我们的气。"

帕特里奇继续道："小姐，我必须道歉，竟然有人打电话找我。打电话来的年轻人应该懂点事才对。我自己从来不用电话，也不准朋友打电话找我，可今天居然发生了这种事，又是伯顿先生接的电话，还来叫我。真的很抱歉。"

"干吗道歉？没关系的，帕特里奇，"乔安娜安慰道，"要是你的朋友有事找你，为什么不能打电话给你呢？"

虽然我看不见，却可以感觉到，帕特里奇的表情变得更阴沉了。她冷冷地答道："这个屋子里从来没发生过这种事，艾米丽小姐绝对不允许。我已经为此事道过歉了，不过那个打电话来的女孩，安格妮斯·华戴尔，她心里正烦，而且太年轻，不懂大户人家的规矩。"

我开心地想："你也是呢，乔安娜。"

"小姐，打电话给我的安格妮斯，"帕特里奇又说，"本来也在这里做事，在我手下帮忙。那时她只有十六岁，从孤儿院来的。你知道，她无亲无故，没人教她如何为人处世，或给她提建议，因此出了事她总会来找我。你知道，我可以教她各种规矩。"

"哦？"乔安娜听出她还有下文，于是等她说下去。

"所以，我想冒昧地问您，小姐，今天下午可不可以请安格妮斯到厨房来喝下午茶？今天她休假，而她有心事，想来向我咨询。不然我是不会提出这种请求的。"

乔安娜不解地问："你为什么不能请朋友来一起喝下午茶呢？"

乔安娜后来告诉我，帕特里奇一听这话，挺直了身子，看起来有些可怕。她说："小姐，这个屋子里从来没发生过这种事。老巴顿太太从来不许客人到厨房来找我们，除非赶上休假日，才能在厨房里招待朋友，平日里绝对不行。后来的艾米丽小姐也保持着这种老规矩。"

乔安娜一向对家里的仆人很好，大多数用人都很喜欢她。但面对帕特里奇，她一筹莫展。

"没用的，我的傻姑娘。"帕特里奇离开后，乔安娜也来到屋外。"别人不会感激你的同情心和宽宏大量的。大户人家就要有大户人家的规矩，帕特里奇很坚持这一点。"

"竟然不许朋友来看她们，我从来没听说过这么霸道的事。"乔安娜说，"一切都很好，杰里，但他们不可能心甘情愿受到黑奴般的待遇啊。"

"她们显然愿意，"我说，"至少帕特里奇那样的人是。"

"我实在不懂她为什么不喜欢我，大家都喜欢我啊。"

"也许她认为你不是个称职的女主人，因此看不起你。你从来不会用手摸摸墙上的架子，看看有没有灰尘；从来不问剩下来的巧克力蛋奶酥哪儿去了，也从来没要求她好好做一份面包布丁。"

"呃！"乔安娜叹了一声，接着悲哀地说，"我今天真是失败透了。因为迷失在蔬菜王国而被艾米鄙视；又因为充满人性而被帕特里奇指责。我看我还是到花园里去吃小虫算了。"

"梅根已经去了。"我说。

梅根已经在园子里闲逛了一会儿，此时正漫无目的地呆站在一块草皮中，像一只正在寻找食物的小鸟。

不过她又走了过来，看着我们忽然开口道："我想，我今天该回去了。"

"什么？"我很吃惊。

她红着脸，态度紧张却坚决地说："你们对我实在太好了，我想我一定非常讨人厌。我确实过得很舒服，但现在我该走了，因为无论如何，嗯，那里是我家，我不能永远逃避它。所以，我想，我今天上午该回去了。"

乔安娜和我都极力挽留，但她的去意非常坚决。最后，乔安娜去开车，梅根上楼去整理东西。不一会儿，她又拎着那箱行李下楼了。

唯一感到高兴的人大概就是帕特里奇了，她几乎隐藏不住脸上的笑意。她始终不大喜欢梅根。

乔安娜回来的时候，我正站在草地中。

她问我是不是以为自己是个日晷。

"为什么？"

"站在那儿，像一尊花园里的雕塑。唯一不同的是，你不能显示时间。你看起来像雷神一样！"

"我可没心情开玩笑。先是艾米·格里菲斯——'老天，'"我学着艾米的语气说，"'我一定要聊聊那些蔬菜！'——然后是梅根急急忙忙地走了。我本来想带她去莱格·托尔散步的。"

"我猜还要带着颈圈和铁链吧？"乔安娜说。

"什么？"

乔安娜绕到屋子另一边，大声而清楚地说："我说，还要带颈圈和铁链吧？把自己当狗主人了，这就是你的问题！"

3

我必须承认,梅根的突然离开让我很不高兴,或许她忽然厌烦起我们了吧。

毕竟,对一个女孩子来说,这里的生活不太有趣。在家至少还有两个孩子和埃尔西·霍兰德跟她做伴。

我听到乔安娜回来的声音,赶紧动了动,免得她又发表些什么关于日暑的谬论。

午餐前不久,欧文·格里菲斯驾车来访。园丁在这之前已经把必要的东西替他准备好了。

老亚当斯忙着把东西搬上车时,我拉欧文进屋喝一杯。他不肯留下来吃午餐。

我端着雪利酒进屋时,乔安娜已经以她的方式开始了进攻。

这次她没有表现出丝毫的敌意。她蜷缩在房间角落的沙发上,像只猫一样懒懒地询问欧文的工作,问他是否喜欢当一名非专业的医生,是否特别擅长某一科?又说她认为医生是世界上最有趣的职业之一。

不管你怎么看乔安娜,她至少天生是个可爱的听众。而且她听过那么多落魄天才哀叹自己如何不受赏识,听听欧文·格里菲斯的话根本算不了多大的事。我们喝第三杯酒时,欧文正和她谈起一些不明显的身体反应或损伤,用的都是专业术语,非专业医师根本听不懂。

乔安娜却好像听懂了,并且很感兴趣。

有那么一会儿,我觉得很不安。乔安娜这样做太不对了。欧文·格里菲斯是个非常善良的小伙子,不该被人这样戏弄。女人真是魔鬼。

但当我看到格里菲斯的侧脸,他那显示出坚强意志的长下巴,以及冷酷的嘴唇线条,又让我不敢肯定乔安娜到底能否达到目的。而且无论如何,男人没理由被女人当傻瓜耍。要是真让女人耍了,就是他自己的问题。

接着,乔安娜说:"留下来跟我们一起吃午餐,好吗,格里菲斯医生?"

格里菲斯微红着脸表示他很想,但他姐姐在家等他回去。

"我们会打电话向她解释。"乔安娜说完,立刻走进大厅打电话。

我觉得格里菲斯似乎有点不安。一个想法闪过我的脑海——或许他有点怕他姐姐。

乔安娜微笑着走进来,说一切搞定。

于是欧文·格里菲斯留下来吃午餐,看起来非常尽兴。我们一起谈论书、戏剧和世界局势,以及音乐、绘画及现代建筑。

一句也没提林姆斯托克、匿名信或者辛明顿太太自杀的事。

一切都很顺利,我想欧文·格里菲斯一定过得很愉快。他那黝黑的面庞容光焕发,有趣的思维展现淋漓。

他走了之后,我对乔安娜说:"那家伙太善良了,你不该戏弄他。"

乔安娜说:"听听你的话!你们男人全都一个鼻孔出气!"

"你为什么对他穷追不舍,乔安娜?因为你的虚荣心受到了伤害?"

"也许吧。"我妹妹说。

4

那天下午，我们到艾米丽·巴顿位于村中的房子里喝下午茶。

我们是散步过去的，因为我觉得今天身体不错，能征服那些小山丘。

我们大概出门太早，所以到得早了些。一个面貌凶狠、骨瘦如柴的高个子女人为我们开了门，告诉我们巴顿小姐还没回来。

"不过我知道你们今天下午会来，要是你们愿意，请进来等她。"

显然，这位就是忠心的弗洛伦斯。

我们跟着她走上阶梯。她用力打开一扇门，带我们走进一间起居室——很舒适，就是装饰得过分了些。我猜测，这屋子里的某些东西是从小弗兹搬过来的。

弗洛伦斯显然很以这个房间为荣。

"很不错，对不对？"她问。

"非常棒。"乔安娜温和地说。

"我尽可能让她住得舒服些。倒不是我愿意为她这么做，而是必须这样。她更适合待在自己的屋子里，而不是到处走。"

弗洛伦斯显然是个严厉的女管家，她用责备的眼光轮流看着我们。我想今天大概不是我们的幸运日。乔安娜已经被艾米·格里菲斯和帕特里奇谴责，现在我们又双双受到女管家弗洛伦斯的斥责。

"我在那儿当了十五年客厅女仆。"她又补充了一句。

乔安娜觉得受了委屈，有意刺激她道："哦，是巴顿小姐自己愿意出租房子的，她委托给了房屋中介。"

"那是被逼的。"弗洛伦斯说，"她生活得很节俭，很谨慎。

可就算这样,政府还是不放过她!还要从她身上搜刮榨取。"

我悲哀地摇摇头。

"老太太在世的时候,家里钱多得不得了。"弗洛伦斯说,"可是后来她们一个接一个都死了,真可怜!艾米丽小姐一一送走她们,把自己累得半死,却从来没有任何怨言,永远那么有耐心。最后她却要为钱的事操心!她说股份分红也不像以前那样按时送来了,我不懂这是为什么。那些人真应该感到惭愧才对!欺负这样一位淑女,以为她没有数字观念,会中他们的诡计。"

"其实每个人都受过这种打击。"我说,可弗洛伦斯却丝毫不为所动。

"对能照顾自己的人来说,这算不了什么,但她不是。她自己都需要人照顾。只要她跟我在一起,我就绝不允许任何人欺负她、打扰她。我愿意为艾米丽小姐做任何事。"

不服输的弗洛伦斯又凝视了我们好一会儿,希望我们把她的话记在心间,这才走出房间,小心翼翼地带上门。

"觉不觉得自己像个吸血鬼一样,杰里?"乔安娜问,"我就有这种感觉。我们到底是怎么了?"

"我们好像去哪儿都不大顺利。"我说,"梅根厌烦我们了,帕特里奇不喜欢你,现在我们两个人都被忠诚的弗洛伦斯厌恶。"

乔安娜喃喃道:"我想知道梅根到底为什么要走。"

"她待得腻烦了。"

"我可不这样认为。我在想,杰里,你觉得会不会是艾米·格里菲斯对她说了什么?"

"你是说今天早上她们在外面台阶上聊天的时候?"

"嗯,时间虽然不长,可是——"

我接下去说:"可那个女人的嘴巴又快又狠,也许——"

这时艾米丽小姐推开门,走了进来。她脸颊微红,有点儿喘不过来气,看起来很兴奋,湛蓝的双眼闪着光。

她似乎有些心烦意乱,说起话来语无伦次。

"哦,亲爱的,真抱歉我迟到了。我到镇上去买了点儿东西,'蓝玫瑰'家的蛋糕好像不大新鲜,于是我又去李根夫人的面包店买。我一向喜欢最后去买蛋糕,这样才能买到刚出炉的新鲜货,免得买到前一天的。可是让你们久等,真是抱歉,我真是罪不可赦——"

乔安娜打断她的话说:"是我们的错,巴顿小姐,我们来得太早了。我们一路走来的,没想到杰里走得那么快,所以到早了。"

"别这么说,做事永远不嫌早,好事永远不嫌多,你知道。"

老小姐亲切地拍了拍乔安娜的背。

乔安娜高兴起来,因为看起来她至少讨得了一个人的欢心。艾米丽·巴顿将微笑的脸转向我,不过略带些胆怯,就像面对一头保证暂时不会伤害人的吃人老虎似的。

"承蒙你来参加这种女性间的下午茶,伯顿先生。"

我想,艾米丽·巴顿脑子里的男人一定就是不停地喝酒、抽烟,时不时出去勾引一些农村少女,或者去挑逗有夫之妇。

后来我跟乔安娜谈到这一点时,她说或许艾米丽·巴顿一直希望自己能碰到这种男人,可惜始终没遇到。

同时,艾米丽小姐又在房里四处摸索,安排乔安娜和我坐在小桌前,谨慎地摆上烟灰缸。不一会儿,门开了,弗洛伦斯捧着茶盘进来,上面放着精致的茶具,想必也是艾米丽小姐带过来的。茶是香醇的中国茶,另外还有三明治、小面包、牛油,以及许多小蛋糕。

弗洛伦斯面带微笑地站在一边,用母亲般的喜悦心情看着艾米丽小姐,就像看着心爱的孩子办洋娃娃茶会一样。

由于女主人过于殷勤,我和乔安娜都被逼着吃了很多。这位老小姐显然很喜欢她的下午茶。我发现对她来说,乔安娜和我就像是一场大冒险——从伦敦那神秘、世故的世界里蹦出来的两个人。

当然,没过多久,我们的话题就转到了当地。巴顿小姐用亲切的口吻谈起格里菲斯医生,说他态度和蔼,医术高明;说辛明顿先生是位非常精明的律师,曾帮巴顿小姐收回一些所得税,要不是他帮忙,巴顿小姐永远不知道那些钱可以要回来;说辛明顿先生对孩子和妻子都非常好,可惜她自我了断了。"可怜的辛明顿太太,留下几个没有母亲的孩子,真是太可悲了。或许,她向来不是个坚强的女人,最近身体又差。大脑受了太大的刺激,就是这么回事儿。我在报上也看过类似的事,这种时候,人们往往不知道自己做了什么。她就是这样,不然她不会忘记辛明顿先生和孩子们都还需要她。"

"那封匿名信一定使她受到了很大的惊吓。"乔安娜说。

巴顿小姐的脸红了,带着一丝谴责的口气说:"这不是件适合讨论的事,你说呢,亲爱的?我知道曾经有些——呃——信,可是我们别谈那个。太恶心了,我想我们最好别管那些。"

嗯,巴顿小姐或许可以不管,但有些人就没那么容易忘记了。总之,我顺从地改变了话题,我们又谈起艾米·格里菲斯。

"太棒了,真是太棒了。"艾米丽·巴顿说,"她的精力和组织能力真是了不起。她对女孩子们也很好,而且无论哪一方面都很实际,跟得上时代。这地方真多亏有了她。她对弟弟又那么全心全意,姐弟亲密无间,叫人看了真高兴。"

"难道他从来不会觉得她气势太盛了吗？"乔安娜问。

艾米丽·巴顿非常惊讶地看着她，用不失尊严的责备语气说："她为他牺牲太多了。"

我在乔安娜眼里看到一种"不以为然"的表情，于是赶紧把话题转到派伊先生身上。

艾米丽·巴顿对派伊先生的态度有点奇怪。

她只是一再地重复——语气怀疑——说他非常亲切。对，非常亲切，也非常富有，同时非常慷慨。偶尔会有些奇怪的客人来找他，不过也不奇怪，他经常外出旅行。

我们一致同意，旅行不但可以增长见识，偶尔还会有一些神奇的际遇。

"我一直希望有机会搭飞机旅行。"艾米丽·巴顿渴望地说，"我经常在报纸上读到飞机旅行，真是太吸引人了。"

"那你为什么不去呢？"乔安娜问。

要把梦想变成事实，对艾米丽小姐来说似乎很不可思议。"哦，不行，不行，那太不可能了。"

"为什么呢？又要不了多少钱。"

"哦，不是钱的问题，是因为我不想一个人去。自己一个人旅行，看起来一定很怪，你不觉得吗？"

"不会呀。"乔安娜说。

艾米丽小姐用怀疑的眼光看着她。

"而且我不知道怎么处理行李——在外国港口上岸——还有各种不同的货币——"

老小姐畏惧的眼光中似乎升起了无数疑问。为了让她冷静下来，乔安娜立刻换了话题，谈起即将到来的游园会及售卖事宜。于是我们又自然而然地谈到邓恩·卡尔斯罗普牧师太太。

巴顿小姐的脸上突然起了一阵痉挛，她说："你知道，亲爱的，她真是个奇怪的女人，有时候常常说些莫名其妙的话。"

我问她指的是什么事。

"哦，我也不知道，反正是些让人料想不到的事。还有她看人的表情，就像你不在她面前，她正看着别人似的——我形容得不够好，可是那副样子实在很难表达。另外，她也不会——嗯，完全不会——干涉别人的事。本来牧师太太可以参与很多事，比如给别人适当的劝告——你知道，拉人一把，让人修正生活的轨道。因为人们会听她的话，我相信，别人都很敬畏她。可是她偏偏自命清高，离众人远远的。最怪的是，她总是替可耻的人感到难过。"

"真有意思。"我说着，迅速与乔安娜交换了一下眼神。

"但她受过很好的教育。她是贝尔帕司家的小姐，非常好的出身。不过这种老式家庭多半都有点奇怪，至少我这么觉得。她全心全意地爱着她的丈夫，一个很聪明的人——有时候我会觉得，窝在这种小地方真是埋没了他。他是个好人，非常诚恳，就是爱引用拉丁文，让人听不懂。"

"你听听，你听听。"我饱含热情地说。

"杰里念的是一所昂贵的公立学校，所以他一样听不懂拉丁文。"乔安娜说。

这使得巴顿小姐开启了新话题。

"这儿的女老师都是些让人讨厌的小姑娘，"她说，"很'激进'。"说到"激进"这个词时，她刻意放低了声音。

后来，我们步行回去时，乔安娜对我说："她蛮可爱的。"

5

那天晚餐时，乔安娜对帕特里奇说，希望她的下午茶喝得宾主尽欢。

帕特里奇红着脸，站得更直了。

"谢谢你，小姐，可是安格妮斯并没有来。"

"哦，真遗憾。"

"我觉得没什么。"帕特里奇说。

她似乎满腔委屈，忍不住对我们诉苦。

"又不是我要她来的！是她自己打电话过来说有心事，问我能不能来，今天她休假。您允许之后，我才答应的。没想到接下来就一点消息都没有了！半句道歉的话都没有，不过我想明天早上大概会收到她的明信片。现在这些女孩子啊，不明白自己的身份，一点儿也不懂规矩。"

乔安娜试着安慰帕特里奇受伤的心。

"也许她身子不舒服。你没打电话问问看？"

帕特里奇又挺直了身子。

"没有，我才没有呢，小姐！真的没有。安格妮斯喜欢乱来，那是她自己不小心。不过下次碰面的时候，我一定会好好教教她。"

帕特里奇挺直身子气呼呼地走了，乔安娜和我忍不住会心而笑。

"原本以为是像'南希阿姨意见栏'节目里的事例呢，"我说，"比如'我男朋友最近对我特别冷淡，我该怎么办？'可惜南希阿姨失望了。帕特里奇还等着人家下午来向她请教意见，结果人家已经和好如初了。我想安格妮斯和她男朋友一定和那些好几天没说话的情侣一样,正躲在黑暗的树篱边彼此相拥,你走近就会被吓一跳,进而觉得尴尬,而他们若无其事。"

乔安娜笑着说想必如此。

接着我们又谈到匿名信,猜想纳什和忧郁的格里夫斯不知道进展如何了。

"从辛明顿太太自杀到今天,"乔安娜说,"已经整整一个星期了。我想他们应该有点儿收获了。指纹或者字迹什么的。"

我心不在焉地应了她一句。不知道怎么搞的,我心里忽然升起一阵奇怪的不安,大概跟乔安娜所说的"整整一个星期"这句话有关。

我应该更早一些将这两点联想到一起。或许在下意识中,我心里起了怀疑。

无论如何,这种感觉在渐渐蔓延,不安在膨胀,最终深入脑海。

乔安娜忽然发觉,我并未注意听她生动地叙述一次乡下奇遇。

"怎么了,杰里?"

我没有回答,因为我的脑子正忙着把一件件事串在一起。

辛明顿太太的自杀……当天下午只有她一个人在家……她一个人是因为那天仆人休假……到今天整整一个星期……

"杰里,怎么——"

我打断她的话。"乔安娜,仆人们每周有一天休假可以外出,对不对?"

"还有每隔一个星期的星期天。"乔安娜说,"到底——"

"别管星期天。她们每周都是同一天放假,对吗?"

"对,通常是这样的。"

乔安娜好奇地盯着我,不知道我到底在想什么。

我穿过房间,去按铃叫人。帕特里奇闻声而来。

"你说,"我问她,"那个叫安格妮斯·华戴尔的女孩儿,也是个女仆?"

"是的,先生,服侍辛明顿太太。哦,现在应该说服侍辛明顿先生了。"

我深吸一口气,看了一眼钟,已经十点半了。

"你觉得她现在在家吗?"

帕特里奇一脸别扭,说:"是的,先生,女佣必须在十点以前回家,这是老规矩。"

我说:"我要打一通电话。"

我走出房间,乔安娜和帕特里奇跟在后面。帕特里奇显然很生气,乔安娜则很困惑。我拨电话时,她问:"你想干什么,杰里?"

"看看那个女孩是否平安到家了。"

帕特里奇吸了一下鼻子,仅仅吸了一下鼻子。不过我完全不在乎帕特里奇的不屑举动。

埃尔西·霍兰德接起电话。

"很抱歉打扰你,"我说,"我是杰里·巴顿。请问……府上的女佣安格妮斯回家了没有?"

说完之后,我才忽然觉得自己有点傻。要是那个女孩刚到家,我可怎么解释打这通电话的原因啊?要是我早一点想到,就该让乔安娜打。我已经可以预料到,一轮新的风言风语会在林姆斯托克掀起,议论中心便是我和那个见都没见过的安格妮斯·华戴尔。

不出我所料,埃尔西·霍兰德非常诧异地说:"安格妮斯?哦,她现在一定回来了。"

我觉得自己像个傻瓜，可还是继续说："可不可以麻烦你去看看她回来了没有，霍兰德小姐？"

和仆人说话有一点好处，那就是她们习惯了去做别人要她们做的事。埃尔西·霍兰德放下听筒，顺从地走开了。

两分钟后，我又听到她的声音。

"你还在吗，伯顿先生？"

"在。"

"老实说，安格妮斯还没回来。"

我知道我的预感成真了。

我听到那边传来一阵模糊的声音，接着辛明顿接起电话："喂，巴顿，有什么事吗？"

"府上的女仆安格妮斯还没回去？"

"是的，霍兰德小姐刚才去看过了。怎么回事儿？不会是发生了什么意外吧？"

"不是意外。"我说。

"你是说，你有理由相信那女孩碰到什么事了？"

我严肃地说："真要发生了什么事，我不会感到太意外。"

第八章

1

那一晚,我睡得很不安稳。我想当时我脑中就有很多杂乱的线索了,要是能用心想一想,一定当时就想出了答案。不然,那些碎片为什么始终在我的脑海里萦绕不去呢?

我们究竟了解多少事呢?很多,我相信远比我们认为的要多!可我们往往无法打破某层界限,那些深层次的信息一直在那里,只是我们无法触碰到。

我躺在床上,辗转反侧,不时被阵阵的困惑折磨。

一定有某种模式可循,要是我能抓到就好了。我应该知道是谁写了那些匿名信,一定有线索,等着我去追寻……

直到我朦胧入梦,这些字句依旧在昏昏沉沉的脑子里不停闪过。

"无火不生烟。"无火不生烟,烟……烟?烟幕……不对,那是战争——战争用语。战争。纸条……只有一张纸条。比利时——德国……

我睡着了。梦到我正带着邓恩·卡尔斯罗普太太散步,她变成了一条灰狗,戴着铁链和颈圈。

2

电话铃响个不停,把我从睡梦中惊醒。

我坐在床上看了看手表,才七点半,闹钟还没响。楼下门厅里的电话还在响。

我跳下床,随手抓起晨衣,快步跑下楼。帕特里奇从厨房后门跑进来,慢了我一步,我拿起听筒。

"哪一位?"

"哦——"对方带着如释重负的低泣说,"是你!"是梅根的声音,显然非常绝望且害怕,"求求你,马上来——过来。哦,求求你了!好不好?"

"我马上来,"我说,"听到了吗?我马上就来。"

我两步并作一步跑上楼,冲进乔安娜的房间里。

"听着,乔,我要到辛明顿家去。"

乔安娜从枕头上抬起满头卷发的头,孩子气地揉揉眼睛。

"为什么——发生了什么事?"

"我也不知道。是梅根那孩子,口气很不对劲。"

"你觉得会是什么事呢?"

"和那个女孩安格妮斯有关。除非我想太多了。"

我步出房门时,乔安娜在后面喊道:"等一等,我开车送你去。"

"不必了,我自己开车去。"

"你不能开车。"

"我能。"

我确实能,虽然疼,但还能忍受。我匆匆洗漱、刮脸、换衣服,把车开出来,半小时内就赶到了辛明顿家。一路还算顺利。

梅根肯定一直在等我。我一到,她就从屋里跑出来抱住我,可怜的小脸苍白而扭曲。

"哦,你来了——你终于来了!"

"镇定点,小傻瓜,"我说,"是的,我来了,有什么事?"

她颤抖起来,我用手臂搂住她。

"我——我发现她了。"

"你发现了安格妮斯?在什么地方?"

她抖得更厉害了。

"在楼梯下面的储物柜里。用来放钓鱼竿、高尔夫球杆之类的东西,你知道的。"

我点点头,是那种很普通的储物柜。

梅根又说:"她就在那里面——身子缩成一团——而且——而且冷冰冰的——凉得可怕。她——她死了,你知道!"

我好奇地问:"你怎么会去看那个地方呢?"

"我……我也不知道。你昨天晚上打来电话之后,我们就在猜安格妮斯到底到哪儿去了。等了一会儿,她还是没回来,我们就去睡了。我一夜都没睡好,今天很早就起来了。我只看到洛丝(你知道就是那个厨娘),她正在为安格妮斯一夜未归生气。她说这种事要是发生在从前,安格妮斯早就待不下去了。我在厨房里吃了点面包、黄油和牛奶——这时洛丝忽然带着奇怪的神色走进来,说安格妮斯外出的东西都还在她房里,包括她出门时最爱穿的衣服。此时我开始想——会不会她压根没离开家,于是我就在家里四处找,接着打开了楼梯下的储物柜,就——就发现她在那儿……"

"我想已经有人打电话报警了吧?"

"嗯,警察已经来了。我继父一知道就马上打电话给警方,后来我——我觉得我受不了了，就打电话给你。你不介意吧？"

"不，"我说，"我不介意。"

我好奇地看着她。

"在你发现她之后，有没有人给你一些白兰地、咖啡或者茶之类的东西？"

梅根摇摇头。

我忍不住咒骂辛明顿全家。脑满肠肥的辛明顿，除了报警什么都想不到。就连埃尔西·霍兰德和厨子也没想到，这个敏感的孩子在发现了那么可怕的事情之后，会对她的心理产生什么影响。

"来，小傻瓜，"我说，"我们到厨房去。"

我们绕到屋后，走进厨房。洛丝是个有一张胖嘟嘟肥大脸庞的女人，四十岁左右。正坐在厨房的火炉边喝浓茶。她一看到我们，就用手捂着胸口，滔滔不绝地侃侃而谈。

她对我说，她一想到这件事就全身抖个不停！想想看，死的人也很可能是她，可能是这个屋子里的任何一个，很可能是在熟睡中被杀死的。

"帮梅根小姐泡杯上好的浓茶。"我说，"你知道，她受到了很大的刺激，别忘了，尸体是她发现的。"

仅仅听到"尸体"这两个字，洛丝就又濒临失控。但我用严厉的眼神制止了她，于是她倒了一杯浓茶。

"茶来了，小姐。"我对梅根说，"先把茶喝下去。我猜这里没有白兰地，洛丝？"

洛丝不怎么确定地说应该还剩一些，是做圣诞节布丁时用的。

"那就行了。"我说着往梅根的杯子里倒了些酒。我从洛丝的眼神中看出，她觉得这是个不错的主意。

我叫梅根和洛丝待在一起。

"你可以照顾梅根小姐的吧？"我问。

洛丝用高兴的口吻说："哦，没问题，先生。"

我走进屋里。要是洛丝够聪明的话，她应该马上发现自己需要一点食物来加强体力，梅根也一样。真弄不懂这些人，怎么这么不会照顾那孩子？

就在我胡思乱想时，正巧在门厅里碰到了埃尔西·霍兰德。看到我，她似乎并不意外。我想这件可怕又刺激的事使她没那么多精力注意来来去去的人。博特·伦德尔警官站在门边。

埃尔西·霍兰德气喘吁吁地说："哦，伯顿先生，真是太可怕了，不是吗？到底是谁做出这么恐怖的事？"

"这次确定是谋杀了？"

"是的，她被人在后脑勺上敲了一下。头发上全是血——哦！太可怕了——还被弄成一团塞进柜子里。谁会做出这么恶劣的事？又是为什么呢？可怜的安格妮斯，我相信她从没伤害过任何人。"

"是的，"我说，"这一目了然。"

她凝视着我。我想她并不是个机智聪慧的女孩，但她很敏感。她脸色如常，带着点兴奋的神色。我甚至有点邪恶地想，尽管她天性善良，但似乎很享受这场以死亡为主题的戏剧。

她用抱歉的口气说："我该去看男孩们了，辛明顿先生很着急，怕他们吓着。他希望我把他们带远点。"

"我听说尸体是梅根发现的，"我说，"我希望能有个人照顾她。"

埃尔西·霍兰德看起来似乎有些良心不安。

"哦,老天,"她说,"我把她忘得一干二净了。希望她没什么事。你知道,我忙东忙西的,要应付警察和一切杂事——不过这依旧是我的错。可怜的女孩,她一定很难过,我马上就照顾她。"

我的态度缓和下来。

"她没事的,"我说,"洛丝会照顾她的,你去看那两个孩子吧。"

她露出一排墓碑般的白牙对我笑着道谢之后,就匆忙上楼了。毕竟照顾那两个男孩才是她分内的工作,而不是梅根——梅根不属于任何一个人。辛明顿付埃尔西薪水,是要她照顾自己的骨肉,谁都不能怪她未尽到责任。

她转过楼梯角时,我忍不住吸了一口气。有那么一瞬间,我似乎看到了一个美得令人不敢相信的"希腊胜利女神",而不是一个尽责的保姆兼家庭女教师。

接着,门打开了,纳什督察走进大厅,辛明顿跟在他身后。

"哦,伯顿先生,"他说,"我正想打电话给你呢,既然你来了就更好了。"

他当时并没有问我为什么在场。

他转头对辛明顿说:"如果可以的话,我想借用一下这个房间。"

这是个小起居室,正面有一扇窗户。

"当然可以,当然可以。"

辛明顿表现得相当镇定,但他看起来似乎累坏了。

纳什督察温和地说:"辛明顿先生,如果我是你,就会先吃点早餐。你、霍兰德小姐,以及梅根小姐,要是能喝点咖啡,吃点鸡蛋和培根,一定会舒服很多。恶心的谋杀案对空肚子的人来说最不好了。"

督查说这话的语气就像一位称职的家庭医生。

辛明顿极力挤出一丝微笑，说："谢谢你，督察，我会接受你的建议的。"

我跟着纳什走进那间起居室，他把房门关上，对我说："你来得真快啊，是怎么听到消息的？"

我把梅根打电话给我的事告诉了他，我对纳什督察很有好感。无论如何，他也没忘记梅根，知道她需要吃点东西。

"我听说你昨天晚上打电话来问起那个女孩子，你怎么会想到打电话来问她呢，伯顿先生？"

我知道自己的理由有点奇怪，但还是说出安格妮斯打电话给帕特里奇，但接下来却没赴约的事。

他说："哦，我懂了……"语速缓慢，似乎在深思什么，边说还边揉着脸颊。

接着他叹了口气。

"唉，"他说，"现在毫无疑问是谋杀了，最直接的物理性谋杀。问题是，这个女孩到底知道些什么？她有没有告诉过帕特里奇什么？任何事都行。"

"我想没有，不过你不妨问问她。"

"是的，等我把这边的事处理完就会过去找她。"

"到底发生了什么事？"我问，"还是说你也还不知道？"

"了解得差不多了。昨天是女佣的休息日——"

"两个女佣都休假？"

"对，这之前的两名女佣是姐妹，喜欢一起出去，于是辛明顿太太刻意如此安排。接着换成现在这两位，但还是守着老规矩。女佣放假之前会把晚餐冷盘准备好，放在餐厅，下午茶则由霍兰德小姐准备。"

"原来如此。"

"有一点非常清楚,厨娘洛丝的家在下米克福德,为了回家休假,她必须搭两点半的汽车。所以安格妮斯必须负责收拾午餐的餐盘,而洛丝晚上回来会收拾晚餐的餐盘,她们一直这样分工,看起来很公平。

"昨天也是这样。洛丝两点二十五分出门赶车,辛明顿两点三十五分去上班,埃尔西·霍兰德两点四十五分带着两个孩子出门。梅根·亨特五分钟后骑车出去了。这时,屋里就只剩下安格妮斯一人。就我所知,她通常在三点到三点半之间出门。"

"于是家里就没有半个人了?"

"对,这儿的人不太担心这一点,有些人甚至不大锁门。接着我刚才说的,两点五十分的时候,家里只剩下安格妮斯一人。她的尸体被发现时,仍然穿着围裙,戴着帽子,可见她肯定没离开过屋子。"

"我想,大概可以判断出死亡时间吧?"

"格里菲斯医生十分谨慎,他的最终判断是两点到四点半之间。"

"她是怎么被杀的?"

"先是后脑被人重击了一下,接下来被一根尖端锋利的厨房用串肉叉子戳进后脑,当即死亡。"

我点燃一根烟,这实在不是一幅让人舒服的画面。

"真够残忍的!"我说。

"嗯,是啊,确实如此。"

我猛吸一口烟。

"是谁干的?"我说,"又是为什么呢?"

"我还不知道,"纳什缓缓地说道,"目前还不能确定原因,但可以猜一猜。"

"她知道一些秘密?"

"她知道一些秘密。"

"却没向这里的任何人暗示过?"

"据我所知,没有。那个厨娘说,自从辛明顿太太死后,她就一直郁郁寡欢,洛丝说她看起来越来越担心,一直说她不知道该怎么办才好。"

他不耐烦地叹了一口气。

"总是这样,不肯找警方合作。这些人脑子里的偏见根深蒂固,认为'跟警方扯上关系'就是不好的事。要是她能早点来找我们,告诉我们她在担心些什么,恐怕她现在就还活着。"

"她真的没对其他女佣提过一点点吗?"

"没有,至少洛丝这么说,我也相信。因为如果她透露了一点口风,洛丝一定会大肆渲染,添油加醋地告诉别人。"

我说:"猜不出原因,真让人发疯。"

"不过我们仍可以猜猜,伯顿先生。事情刚发生,什么都还不确定。就像有些事,你越想越不安,越想越难受。你明白我的意思吗?"

"嗯。"

"事实上,我想我已经大概知道是怎么回事了。"

我崇拜地看着他。

"干得好,督察。"

"哦,你知道,伯顿先生,我知道一些你所不知道的事。辛明顿太太自杀的那天,也是女佣休假日,而且她们都打算出门。但事实上,安格妮斯出去后又回来了。"

"是吗?"

"嗯,安格妮斯有个男朋友——渔具店的伦德尔。渔具店每周三提早关门,他会和安格妮斯见面,之后两个人一起散步,要是下雨就一起去看画展。那个星期三,他们一见面就吵了起来。咱们的匿名信作者又立了一功,说安格妮斯背地里还钓着其他男人,小佛雷德·伦德尔气炸了,两个人吵得很厉害,安格妮斯气呼呼地回家了,说除非佛雷德道歉,否则再也不出门。"

"结果呢?"

"哦,伯顿先生,厨房面对屋子背面,餐具室却正对着我们现在的这个方向。想要进出这幢房子,要么从前门,要么就沿小路顺着屋子绕一圈,从后门进来。"

他顿了顿。

"接下来我再告诉你一件事。辛明顿太太那天下午接到的匿名信不是邮差送来的。上面贴着一张用过的邮票,还有一个几乎可以乱真的伪造邮戳,看起来就像跟午后的那批邮件一起送来的。但其实那封信并没有经过邮局递送,你知道这代表着什么吗?"

我慢慢地说:"代表那封信是由某人亲自投进辛明顿家邮筒的,在邮差下午送信来之前不久,好让人以为是和其他邮件一起送到的。"

"对极了,下午的邮件一般三点四十五送到。所以我认为:当时那个女孩正透过餐具室的窗户(虽然被树丛挡住了,但还是能看得清外面)向外看,希望她男朋友过来向她道歉。"

我说:"于是看到了那个投匿名信的人?"

"我是这么猜的,伯顿先生。不过也很有可能猜错了。"

"我觉得事情就是这样的。合情合理,很有说服力——也就是说,安格妮斯知道谁是'匿名信制造者'。"

"是的。"

"可她为什么不——"

我皱着眉停下来。

纳什马上接道:"在我看来,那个女孩并不清楚自己看到了什么。起码最初一点都没想到。有人往辛明顿家的邮箱里扔了一封信,没错——但她无论如何都想不到那个人和匿名信有关。也就是说,那个人完全不在怀疑范围内。

"可后来她越想越觉得不安。该不该跟别人说呢?就在她困惑难解的时候,想到了巴顿小姐家的帕特里奇,我猜她认为帕特里奇人品可信,而且帕特里奇的建议安格妮斯一向毫不犹豫地接受。于是她下定决心,去问问帕特里奇该怎么办。"

"对,"我沉思道,"听起来很合理。但不知怎的,'毒笔'发现了她的意图。她是怎么发现的呢,督察?"

"你对乡下生活还不够了解,伯顿先生。消息传开的方法总是很神奇。我们先从那通电话谈起,是谁接的电话?"

我答道:"我接的,然后叫帕特里奇来接,她当时在楼上。"

"有没有提到那个女孩的名字?"

"有——是的,我提到了。"

"有没有其他人听到?"

"我妹妹和格里菲斯小姐都有可能听到。"

"哦,格里菲斯小姐,她到府上有什么事?"

我解释了一下。

"之后她准备回村里吗?"

"她要去找派伊先生。"

纳什督察叹了口气。

"那么消息就能通过两种途径传开。"

我难以置信地问:"你是说格里菲斯小姐和派伊先生都有可能跟别人提起这种无聊的小事?"

"在这种地方,芝麻大的事都是新闻。你一定觉得很意外。哪怕裁缝的母亲说了个老掉牙的笑话,都有可能人尽皆知!再说这一边,霍兰德小姐、洛丝——都有可能听到安格妮斯说的话。还有佛雷德·伦德尔,也许那天下午安格妮斯回家了的消息就是他传出去的。"

我轻轻颤抖了一下。正对着眼前的窗外是一块整齐的草地、一条小径和一扇矮门。

某个人打开那扇门,小心却迅速地走近屋子,把一封信塞进信箱。我几乎可以看到一个模糊的女人的影子。脸孔是一片空白——但一定是一张我认识的脸……

纳什督察说:"还是一样,范围缩小了一点,这种案子最后都会这样。只要冷静、有耐心。现在有嫌疑的人已经不多了。"

"你是说——?"

"这么一来,当天下午在上班的女人就都没有嫌疑了。比如在学校上课的女老师,还有镇上的护士,我知道她昨天在什么地方。倒不是说我原本以为她们有嫌疑,而是我们现在可以完全确定地排除她们了。你看,伯顿先生,现在我们可以把注意力集中在两个确定的时间点上——昨天下午,以及上周的那个下午。辛明顿太太自杀那天的可疑时间是从下午三点一刻(安格妮斯和男友吵架之后,可能回到家里的最早时间)到邮件送到辛明顿家的四点左右(去问问邮差就可以知道更准确的时间)。至于昨天,是从两点五十(梅根·亨特小姐出门的时间)到三点半或者三点一刻,后者更有可能,因为安格妮斯死时还没来得及换衣服。"

"你觉得昨天到底发生了什么事？"

纳什做了个鬼脸。

"我觉得？我觉得有一位女士走到大门前按响了门铃，极其镇定，面带微笑，一次普通的午后拜访……她可能要求见霍兰德小姐，或许是梅根小姐，也可能带了一个包裹来。总之，安格妮斯转过身去拿托盘放名片，或者把包裹拿进屋时，那位淑女一样的客人猛敲了她的后脑一下。"

"用什么敲呢？"

纳什说："这儿的女士都带尺寸很大的手提包，什么都能装在里面。"

"然后又用东西戳进她后脑，把她塞进柜子里？对女人来说，这个工作难道不会太重些了吗？"

纳什督察神情奇怪地看着我，说："我们正在追查的女人不是个普通女人——不是指外表——精神上的不稳定使她产生了惊人的力量。何况安格妮斯的块头并不大！"

他顿了顿，接着问我："梅根·亨特小姐怎么会想到去看那个柜子的？"

"只是一种直觉。"我说。接着我问他："为什么要把安格妮斯塞到储物柜里？有什么特别的用意吗？"

"尸体发现得越迟，越难确定死亡时间。譬如，如果霍兰德小姐一进门就跌在尸体身上，医生或许能把死亡时间确定在十分钟之间——对咱们那位淑女朋友来说就难办了。"

我皱眉道："可如果安格妮斯对某个人起了疑——"

纳什打断我的话，说："她没有，还没到具体产生怀疑的程度。她只是觉得'奇怪'。我想，她并不是个聪明的女孩，只是隐约觉得有什么事不对劲，完全没想到自己居然冒犯了一个会下杀手的女人。"

"你想到了吗?"我问。

纳什摇摇头,伤感地说:"我早该想到的。你知道,辛明顿太太自杀的事,吓坏了'毒笔',使她紧张起来。伯顿先生,恐惧,是一件难以预测结果的事。"

"是的,恐惧,我们早就该想到这一点。恐惧——对一个疯狂的大脑……"

"你看,"纳什督察的话似乎使这件事更可怕了,"我们所追查的人,是个受人尊敬、有声望的人——事实上,应该也很有地位!"

3

忽然,纳什说他要再跟洛丝谈谈,我随口问他我能不能去,没想到他居然同意了。

"应该说,我很高兴你能跟我们合作,伯顿先生。"

"这句话听起来很可疑,"我说,"放在小说里,侦探要是欢迎某个人帮忙的话,那这个人往往就是凶手。"

纳什匆匆一笑,说:"你可不像会写匿名信的人,伯顿先生。"接着又说,"说实话,你对我们可能很有用。"

"很高兴听到你这么说,可我不懂为什么。"

"因为你是个外来人,对这里的居民没有先入为主的观念。同时,你有机会以我所谓的社会方式来了解事情。"

"凶手就是个很有社会地位的人。"我喃喃道。

"一点不错。"

"你想让我在这儿做间谍?"

"你不反对吧?"

我考虑了一下。

"不。"我说,"老实说,我不反对。要是这里真有一个危险的疯子,逼得没有自卫能力的女人自杀,又敲死无辜的可怜女佣,我倒不反对用点手段逼那个疯子就范。"

"你很理智,先生。但我要告诉你,我们正在追查的对象确实很危险。危险得就像将响尾蛇、眼镜蛇和黑曼巴蛇合而为一。"

我轻颤了一下,说:"我们是不是应该尽快采取行动?"

"对,别以为我们不积极,事实上,我们正在朝好几个方向努力。"

他的态度很严肃。

我仿佛看到一张铺展得很大的蜘蛛网……

纳什想再听听洛丝的故事。他对我说,洛丝已经跟他提过两种说法;而他觉得她说得越多,其中所包含的真正线索可能就越多。

我们找到洛丝时,她正在洗早餐的餐盘。一看到我们,她立刻停下来,揉揉眼睛、摸摸心口,说她整个早上都觉得很奇怪。

纳什很有耐心,但也很果断。他对我说,第一次听她说明时,他安慰了她一番;第二次则态度专横,这一次他打算两种手段并用。

洛丝兴高采烈地重述过去一周的经历,夸张了一些细节。说安格妮斯如何怕得要命,当她问是怎么回事儿时,安格妮斯如何一边发抖一边说:"别问我。"

"她说要是告诉我,她就死定了。"洛丝一边快乐地转动着眼珠,一边说道。

"安格妮斯从来没有暗示过,她到底在担心什么事吗?"

"没有,她只是一直很害怕。"

纳什督察叹了口气,暂时放弃了这个话题,又问起昨天下午洛丝的确切行踪。

简单地说,洛丝搭两点半的汽车回家,整个下午和晚上都和家人在一起,最后搭八点四十的汽车从下米克福德回来。洛丝的叙述很啰唆,边讲她的行踪,边埋怨她姐姐如何拉着她聊天,导致她都没机会吃一口香饼。

离开厨房之后,我们去找埃尔西·霍兰德,她正在指导孩子们做功课。埃尔西·霍兰德如往常一样能干而谦恭,她站起来说:"好了,柯林,等我回来,你跟布莱恩要算出这三道加法题。"

她带我们走进夜间育婴室。

"这里可以吗?我想最好别在孩子面前谈这种事。"

"谢谢你,霍兰德小姐。请你再告诉我一次,安格妮斯是不是从来没跟你提过她有什么心事——在辛明顿太太去世之后?"

"没有,她什么都没跟我说。你知道,她是个很安静的女孩,一向很少开口。"

"和另一位完全不同!"

"是的,洛丝那张嘴老是说个不停,有时候我真想叫她别那么粗鲁。"

"你可不可以告诉我昨天下午到底发生了什么事?尽可能把你记得的每一件事都说出来。"

"好的,我们像平常一样吃午餐,时间是一点,我们吃得有点赶,因为不想浪费孩子们的时间。我想想,辛明顿先生回办公室去了,我帮安格妮斯摆好晚餐——孩子们已经跑到花园里去玩了。"

"后来你带他们到什么地方去了？"

"沿着田埂去了康伯爱斯——孩子们想钓鱼，可我忘了带鱼饵，又回去拿了一趟。"

"当时是几点？"

"我想想看，我们大概是两点四十出门的——或者稍晚一点。梅根本来也想去，后来又临时改主意了，打算骑车去兜风——她是个自行车迷。"

"我是说，你回家拿鱼饵的时候是几点？有没有进屋？"

"没有，我把鱼饵放在暖房后面。我也不知道那时是几点——也许是差十分三点吧。"

"有没有看到梅根或者安格妮斯？"

"梅根大概已经出门了，我想。我也没看到安格妮斯。我谁都没看到。"

"接下来你就去钓鱼了？"

"是的，我们沿着河边一路钓，可什么都没钓着。其实我们几乎从来没钓到过鱼，只是两个男孩喜欢。布莱恩把自己弄得很湿，所以我一回家就忙着替他换衣服。"

"你星期三也喝了下午茶？"

"是的，茶都替辛明顿先生准备好了，放在客厅里，等他回来我为他冲泡就行了。孩子们和我在教室里喝下午茶，梅根当然也一起。我的茶具之类的都放在教室的小柜子里。"

"你是几点回来的？"

"差十分五点，我先带着两个男孩上楼，然后就去准备喝下午茶。辛明顿先生五点钟回来的，我又下楼准备为他泡茶，不过他说想跟我们一起在教室里喝，两个孩子高兴得不得了。我们一起玩'抓动物'[①]，现在回想起来真是太可怕了——我们在楼上喝茶时，那个可怜的女孩一直在楼下的柜子里！"

"通常会不会有人去看那个柜子？"

"哦，不会，那里只放些废弃杂物。帽子和外套都挂在一进门右手边的衣帽间，恐怕有好几个月没人去碰那个柜子了。"

"我懂了。你回来的时候，没有发觉任何不正常、不对劲的地方吗？"

她那双蓝眼睛睁大了。

"哦，没有，督察，一点都没有。一切都跟平时完全一样，所以我才觉得好可怕。"

"上星期呢？"

"你是说辛明顿太太——"

"是的。"

"哦，太可怕——太可怕了！"

"是的，是的，我知道。那天下午你也不在家？"

"对，如果天气好，我通常下午都带两个男孩出去。我记得那天早上我们在家里学习，下午去荒野了——路很远。我本以为回来晚了，因为到门口的时候，我看到辛明顿先生正从办公室方向走来，而我还没烧水呢。可那时候才四点五十。"

"你没有上楼去看辛明顿太太？"

"哦，没有，我从来不在这时候去看她，她通常吃过午饭就休息。她有习惯性神经痛，经常吃完饭发作，格里菲斯医生给她开了些自己配的药，她吃过药就躺在床上，希望能睡一会儿。"

纳什漠不关心地问："那么，没人把信拿上楼给她了？"

[①] 一种从维多利亚时代流传至今的纸牌游戏。

"下午的邮件？哦，我会去检查信箱，然后进门的时候顺便把信放在客厅的桌子上。一般辛明顿太太会自己下楼来拿信。她不会整个下午都睡着，通常四点就起来了。"

"那天下午她没起来，你不觉得有什么不对吗？"

"哦，没有，我从没想过会发生什么事。辛明顿先生在客厅挂外套的时候，我说：'茶还没好，不过水快开了。'他点点头，喊道：'莫娜，莫娜！'——辛明顿太太没有回答，他就上楼到她卧室去了。那一幕一定让他震惊不已。他叫我上楼，告诉我：'把孩子带远点。'接着他就打电话给格里菲斯医生，我们完全忘记壶还在炉子上，结果茶壶底都烧穿了！哦，天哪，真是太可怕了，她吃午饭的时候还有说有笑的。"

纳什突然说："你怎么看她收到的那封信，霍兰德小姐？"

埃尔西·霍兰德愤怒地说："哦，我觉得太卑鄙——太卑鄙了！"

"是的，是的，但我指的不是这个。你觉得信上说的是不是真的？"

埃尔西·霍兰德坚定地说："不，我认为那不是真的。辛明顿太太很敏感——真的非常敏感。任何事都能让她紧张，而且她非常——嗯，特别。"埃尔西红着脸说，"那种——我想说那种卑鄙可耻的事，都会让她受到很大的刺激。"

纳什沉默了一会儿，接着问："你有没有收到过匿名信，霍兰德小姐？"

"没有，没有，我从来没收到过。"

"你肯定吗？等一下，"纳什举起一只手，"不要急着回答。我知道，收到那种信让人很不愉快，所以有些人不愿意承认。可是在这个案子里，我们必须了解这一点。我们很清楚，信上谎话连篇,所以你不用觉得不好意思。"

"可是我真的没收到啊,督察。真的没有,从来没发生过这种事。"

她又气又急,几乎要落泪,而且她的否认看起来很真诚。

她回去照顾孩子之后,纳什站在窗口向外看。

"嗯,"他说,"就是这样!她说从来没收到过匿名信,而且听起来好像是真心话。"

"我相信她说的是真话。"

"哼,"纳什说,"那我倒想知道,为什么那恶魔偏偏放过了她?"

我看着他,他有点不耐烦地说:"她是个漂亮的女孩,对不对?"

"不只是漂亮。"

"对极了,老实说,她实在过于漂亮。又年轻,是写匿名信的人最喜欢找的对象。那为什么放过她呢?"

我摇摇头。

"这一点真有意思,我得去告诉格里夫斯。他问过我,知不知道有人肯定没收到过匿名信的。"

"她是第二个,"我说,"别忘了,还有艾米丽·巴顿。"

纳什轻笑了一声。

"不要相信你听到的每一句话,伯顿先生。巴顿小姐已经收到一封了——不,不止一封。"

"你怎么知道的?"

"那个跟她住在一起、忠心耿耿的严肃管家告诉我的——是叫弗洛伦斯·爱福德吧。她对那封信很是生气,恨不得喝了写信人的血。"

"那为什么艾米丽小姐要否认呢?"

"这就微妙了。镇上的人就爱嚼舌,艾米丽一生都在躲避粗俗和没有教养的人和事。"

"信上怎么说?"

"还是老一套。她那封信甚至有些可笑,暗示她毒死了自己的母亲和好几个姐妹!"

我难以置信地说:"真的有那种危险的疯子胡作非为,我们却没办法及时制止她吗?"

"我们会找出她的,"纳什严肃地说,"只要再写一封,她就逃不了了。"

"可是,上帝啊,她不会再写那种玩意了——至少目前不会。"

他凝视着我。

"不,她一定会的。你看,她已经没办法收手了。这是一种病态的狂热。匿名信还会出现,这一点绝对没错。"

第九章

1

临走之际,我在花园里找到了梅根。她看起来好像已经恢复正常了,正在愉快地冲我笑。

我建议她再到我们家小住一阵,她迟疑了一会儿,摇了摇头。

"你太好了——可是我想我还是留在这里吧。毕竟,这里——嗯,我想这里还是我家。而且我相信,这样对两个男孩有点帮助。"

"好吧,"我说,"随你喜欢。"

"那我就留下来,我可以——我可以——"

"嗯?"我催她说下去。

"要是——要是再发生什么可怕的事,我可以打电话给你吗?你会来吗?"

我感动地说:"当然,可你认为还会发生什么可怕的事呢?"

"我也不知道,"她神情迷惘,"就现在的情况来看,就像是会再出事的样子,不是吗?"

"天哪,"我说,"别再到处乱闯,又弄出个尸体来!那对你没什么好处。"

她的脸上闪过一丝微笑。

"是的，我现在的感觉就像生病了一样。"

我并不想把她丢下，可正如她所说，这里毕竟是她家。而且我想埃尔西·霍兰德现在对她也多了些责任感。

纳什和我一起回到小弗兹。我跟乔安娜说明早上发生的事情时，纳什过去询问帕特里奇。再回到我们身边时，他看起来很沮丧。

"没什么收获。照她的说法，那个女孩只说有件事让她很担心，不知道该怎么办，想听听帕特里奇的意见。"

"帕特里奇有没有跟别人提起过这件事？"乔安娜问。

纳什点点头，神情很严肃。

"有，她曾在电话里跟每天来你们这里帮佣的爱莫瑞太太提过。我发现，这里有那么几位年轻小姐，总喜欢向年纪大的女人请教，却不知道自己就能解决问题！安格妮斯也许不是很聪明，却是个懂分寸、尊敬人、举止得体的好女孩。"

"是啊，帕特里奇一直为这一点而骄傲。"乔安娜低声说，"然而，爱莫瑞太太却把话传了出去？"

"对，伯顿小姐。"

"有一件事让我觉得很奇怪。"我说，"我妹妹和我怎么也被牵涉进了匿名信事件里？我们是这里的外来人，应该没人恨我们才对。"

"你错在把'毒笔'当成一个正常人去猜测。什么事她都看不顺眼。甚至可以说，这憎恨是针对全人类的。"

"我想，"乔安娜若有所思地说，"这正是邓恩·卡尔斯罗普太太的意思。"

纳什用询问的眼光看着她，但她没有进一步说明。

纳什督察说："不知道你有没有仔细看你收到的那封匿名信

的信封，伯顿小姐。要是认真看了，你或许会发现，那封信本来是寄给巴顿小姐的，错把'a'写成了'u'①。"

这一点，或许能为我们指一条路，找到解决整件事的线索。可惜我们当时都没注意到。

纳什走后，剩下我和乔安娜两人。她说："你不会真的以为那封信本来是要寄给艾米丽小姐的吧？"

"不然不会一开头就说'你这个虚伪的妓女……'"我提出这一点，乔安娜表示同意。

接着她建议我到街上去转转。

"你该去听听其他人是怎么说的，今天早上大家一定都在谈这个话题！"

我邀请她一起去，没想到她拒绝了，说要到花园里忙。

我在门口停住脚步，压低声音说："帕特里奇没事吧？"

"帕特里奇！"

乔安娜声音中的惊讶之情让我觉得不好意思。

我用抱歉的语气说："我只是随口问问。她有些方面看起来很怪，像个死板的老处女，是那种对某种宗教狂热的人。"

"这不是宗教狂热——除非你告诉我这是格里夫斯说的。"

"好吧，性狂热。据我所知，这两者的关系非常密切。她自命清高，又受到压抑，还跟一群上了年纪的女人关在这地方许多年。"

"你怎么会想到这些？"

我缓缓地说道："对于安格妮斯到底跟她说了什么，我们只听到了她的一面之词，对不对？如果安格妮斯问帕特里奇那天为

---

① 巴顿小姐写作"Miss Barton"，伯顿小姐写作"Miss Burton"，一字之差。

什么来辛明顿家留了一封信,而帕特里奇说她下午再打电话解释……"

"然后假装来问我们,能不能让那女孩到这儿来?"

"对。"

"可是她那天下午并没出门。"

"你怎么知道的?别忘了,我们都出去了。"

"对,你说得没错。我想有这种可能。"乔安娜想了想,"但我不同意这种说法,我不相信帕特里奇那么聪明,知道如何掩饰匿名信上的一切痕迹,譬如擦掉指纹之类的。你知道,那不是光聪明就能办到的,还得有相关知识,我不相信她懂。我想——"乔安娜顿了顿,缓缓说道,"他们能肯定写信的是女人,是吗?"

"你该不会认为是个男的吧?"我难以置信地大声问道。

"不——不是普通男人,而是某一种男人。老实说,我觉得可能是派伊先生。"

"你认为匿名信是派伊先生写的?"

"难道你不觉得有这种可能吗?他那种人很可能又寂寞,又不快乐,且心怀怨恨。你也知道,这儿的每个人都或多或少在嘲笑他。你难道看不出他私底下憎恨所有快乐的正常人,并对自己所做的事怀有一种奇怪、保守、艺术家一般的窃喜吗?"

"格里夫斯认为罪犯是个中年老处女。"

"派伊先生正是个中年老处女。"乔安娜说。

"这个称呼好像不大适合他。"我缓缓说道。

"太适合了。他很有钱,但钱没多大用处。我真的觉得他心理不大平衡,老实说,他有点吓人。"

"别忘了,他也收到过匿名信。"

"谁知道那是不是真的?"乔安娜说,"只是我们以为那样。"

而且,那很可能是他在演戏。"

"为我们演一出戏?"

"对,他很聪明,肯定能想到这一点,并且知道不能做得太过分。"

"那他真是演技高超。"

"当然,杰里,无论做出这种事的是什么人,都一定是个一流的演员,这也是他乐在其中的原因之一。"

"老天,乔安娜,别说得真像回事儿似的!你让我觉得,你懂心理学!"

"我想我确实懂。我能了解别人的心。如果我不是乔安娜·伯顿,如果我没有这么年轻,这么可爱,且生活美好的话,如果我——该怎么说呢——被关在牢里,眼睁睁地看着别人享受生活。那么,我会不会心生恶毒的歹念,想要伤害别人,让别人痛苦,甚至搞破坏呢?"

"乔安娜!"我抓住她的肩膀,用力摇晃。她轻轻叹口气,身子抖了一下,冲我微笑着。

"吓着你了吧,杰里?不过我觉得这才是解决问题的正确方式。我们必须把自己当成那种人,试着了解他的感觉,推测他们会做什么,然后——然后或许就能知道他下一步要做什么了。"

"哦,老天!"我说,"我大老远跑到这里来过田园生活,却惹上这些莫名其妙的当地丑闻。小地方的丑闻!诽谤、中伤、猥亵的话语,还有谋杀!"

2

乔安娜说得没错,高街上到处都是兴致勃勃的人。我决定依次去探探每个人的反应。

我首先碰到欧文·格里菲斯。他看起来像生病了，疲惫不堪，糟糕程度超出了我的预期。当然，即便是医生，也不是每天都能碰到谋杀，但这项职业迫使他面对大量的痛苦、人性的丑恶面，以及死亡。

"你看起来累坏了。"我说。

"是吗？"他含混地答道，"哦！最近的几个案子都太让人操心了。"

"包括那个疯子？"

"当然。"他转过脸，看看对街。我发现他的眼皮抽动了一下。

"你没有特别怀疑哪个人吗？"

"没有，没有。天哪，我倒希望有。"

他突然问起乔安娜，迟疑地说他有几张照片，她或许愿意看看。

我提议把照片给我，转交给她。

"哦，没什么关系，反正我晚一点会路过府上。"

我担心格里菲斯已经陷进去了，该死的乔安娜！像格里菲斯这种好人，不应该被她当成战利品来戏耍。

我打发走了格里菲斯，因为我看到他姐姐正往这边走来，我第一次主动想跟她谈谈。

艾米·格里菲斯像以往一样，一开口就是没头没尾的一句："太可怕了！"且声音极大，"听说你很早就赶到现场了？"

语尾音调上扬，表明这是个问句。另外她特意强调"很早"这个词，并且说的时候两眼闪耀着光芒。我不想告诉她是梅根打电话叫我过去的，只说："哦，我昨天晚上就有点不安，那个女孩说好了要来我家喝下午茶的,结果一直没来。"

"于是你就担心发生了最糟的事?真是太聪明了!"

"是的,"我说,"我是头嗅觉灵敏的猎犬。"

"这是林姆斯托克第一次发生杀人案,引起了可怕的骚动,希望警方能妥善处理。"

"我倒不担心这一点,"我说,"他们都很能干。"

"那个女孩大概帮我开过几次门,可我几乎记不起她的长相了。安静、不惹人注意的小家伙。先在她的脑袋上敲了一下,接着刺穿她的后脑,这是欧文告诉我的。在我看来,像是男朋友下的手,你认为呢?"

"你这么认为?"

"像是那么回事儿。我想两个人可能吵了一架,那些人都很没教养——出身也不好。"她顿了顿,又说,"听说尸体是梅根·亨特发现的?她一定吓了一大跳。"

我简单地说:"是的。"

"我都能想象,这对她不大好。我觉得她的神经有点弱,这种事可能会使她精神失常。"

我忽然下定决心,必须搞明白一件事。

"告诉我,格里菲斯小姐,昨天你是不是曾说服梅根回家?"

"哦,也不算说服。"

我坚守着自己的立场,进一步说:"但你的确对她说了些什么,对吗?"

艾米·格里菲斯站直了一些,带着些自卫的神色望着我。

"一味地逃避责任对一个年轻姑娘来说并不是好事。她太年轻了,不知道人言可畏,所以我觉得应该劝劝她。"

"人言——?"我冲口而出,却气得再也说不下去了。

艾米·格里菲斯带着她所特有的自满的神态，继续说："哦，我敢说你肯定没听到那些闲言闲语。首先声明，他们说的那些我一句都不信，一句都不信！但你知道那些人，什么恶毒的话都说得出口！等那个女孩要自主谋生的时候，这些就对她不大好了。"

"自主谋生？"我困惑地问。

艾米接着说："显然，现在她处境很糟。我觉得她做得对，她不能一走了之，留下两个没人照顾的孩子。她太棒了——实在是太棒了！我对每个人都是这么说的！可这种处境很容易招人憎恨，别人会说闲话。"

"你到底在说谁啊？"我问。

"当然是埃尔西·霍兰德。"艾米·格里菲斯不耐烦地说，"我认为她是个完美的好女孩，尽职尽责。"

"人们都说她什么？"

艾米·格里菲斯笑了，我觉得那并不是愉快的微笑。

"人们说，她已经在谋划成为辛明顿太太二世了——全心全意地安慰那个鳏夫，让他觉得生活少不了她。"

"可是，天哪！"我惊讶极了，"辛明顿太太才去世一个星期啊！"

艾米·格里菲斯耸耸肩。

"当然，这太离谱！但你知道人就是这样！那个叫霍兰德的女孩子很年轻，长得又漂亮。而且，一个女孩子不会想一辈子做保姆兼家庭女教师。希望有个安定的家和一个丈夫，并为达成此目的不断努力，如果她这么想我可不会怪她。

"当然，可怜的迪克·辛明顿肯定完全没想到这些！他还沉浸在莫娜·辛明顿的死所带来的震撼中。但你也了解男人！要是那个女孩一直在他身边，让他过得舒舒服服的，照顾他，而且全身心地爱他的孩子——好了,这样他就少不了她了。"

我平静地说:"换句话说,你认为埃尔西·霍兰德是个狡猾轻佻的女人?"

艾米·格里菲斯涨红了脸。

"我绝对没这个意思,我只是替那个女孩子难过,被人在背后说那么卑鄙的闲话!所以我才话里话外劝梅根回家的,总比只剩迪克·辛明顿和那个女孩单独在家好些。"

我开始有点明白了。

艾米·格里菲斯高兴地笑了笑。

"听到我们这种小地方居然有这么多闲言碎语,你一定吓坏了吧,伯顿先生。我可以告诉你一件事,人们总是往最坏的地方想!"

她笑着点点头,踏着大步走开了。

3

我在教堂边遇到派伊先生。他正在跟微红着脸、兴奋不已的艾米丽·巴顿聊天。

派伊先生显然很高兴遇到我。

"哦,伯顿,早!早!你那个可爱的妹妹还好吗?"

我告诉他乔安娜很好。

"那她为什么不来参加我们村子里的集会呢?我们都因这个消息而震惊、好奇。谋杀!我们这里居然发生了周末报纸上才会出现的真正的谋杀案!恐怕不是件有趣的案子,而且有点卑鄙,竟然杀死一个年轻的女佣。找不出指纹,但无疑是件新闻。"

巴顿小姐颤抖着说:"可怕——太可怕了。"

派伊先生转过头看着她。

"可你有点幸灾乐祸啊,亲爱的女士,幸灾乐祸。承认吧,你不赞成,感到很悲痛,可还是觉得有点刺激。我相信,你一定觉得很刺激!"

"那么好的女孩,"艾米丽·巴顿说,"她是从圣·克劳泰德家来的,什么经验都没有,但学得很快,成了一名很好的女佣。帕特里奇对她非常满意。"

我马上说:"昨天下午,她本来要跟帕特里奇一起喝下午茶的。"又掉头对派伊先生说,"相信艾米·格里菲斯一定告诉过你吧?"

我的语气很自然,派伊先生也毫不怀疑地回答:"对,她提过。我记得她说,用人居然使主人家的电话,真是新鲜事。"

"这种事帕特里奇想都不会去想。"艾米丽小姐说,"安格妮斯居然这么做,我也很意外。"

"你已经赶不上时代了,亲爱的女士。"派伊先生说,"我家的那两个用人经常打电话,还毫不顾忌地满屋子抽烟,直到我实在受不了,表达抗议才收敛一些。可我也不敢说太多,普利斯特虽然脾气不大好,却是个了不起的厨子,而他太太是个难得的好管家。"

"是啊,的确,我们都认为你很幸运。"

我不希望这场谈话变成闲话家常,于是插嘴道:"杀人案很快就传开了。"

"当然,当然,"派伊先生说,"屠夫、面包师、制烛匠,全都知道了。添油加醋!唉,林姆斯托克啊,就快毁灭啦!匿名信、杀人案,到处是犯罪的倾向。"

艾米丽·巴顿紧张地说:"他们不认为——没有人觉得——

这两者有关。"

派伊先生抓住这一点说:"这倒是个挺有趣的猜测。那个女孩知道某个秘密,于是被人谋杀了。对,对,很有可能。你真聪明,居然会想到这一点。"

"我——我受不了了。"

艾米丽·巴顿脱口而出,然后转身快步走开了。

派伊先生盯着她,天使般的面孔奇怪地皱着。

他转过身背对我,轻轻摇摇头。

"真是敏感又可爱的人,你不觉得吗?她生活在这个时代,却不像这个时代的人,还停留在上一个时代里。我必须说,她母亲的个性一定很强,让整个家庭一直保持一八七〇年的风格,一家人就像住在玻璃屋里一样。我倒蛮喜欢碰到这种事的。"

我不想多谈时代这个话题。

"你对整件事有什么看法?"

"你指的是?"

"匿名信、杀人案……"

"小地方的犯罪之风?你觉得呢?"

"是我先问你的。"我愉快地说。

派伊先生轻声说:"我还在试着了解变态的心理,觉得很有意思。最不可能犯案的人,却做出最不可思议的事。就拿利兹·波顿案[①]来说,始终没有很合理的解释。至于这个案子,我要劝警方多研究研究每个人的性格。别管什么指纹、笔迹、放大镜那些个东西了。多关注一下每个人都怎么做事,态度上的变

[①]一八九二年八月四日中午前,三十三岁的利兹·波顿突然对自家女仆呼喊,说父亲安德鲁·波顿遭人用斧头砍死在屋内。医师、邻居等人闻讯陆续赶到,众人进一步发现利兹的继母也被利斧击毙于二楼。尽管利兹·波顿因为涉嫌重大而被逮捕,但历经一年多的侦讯审判,利兹被无罪开释,舆论一片哗然。

化、饮食习惯，以及会不会有时无缘无故地发笑等。"

我扬了扬眉。

"像不像个疯子？"

"对，疯极了，"派伊先生说完，又加了一句，"可你永远猜不到是谁！"

"谁？"

他凝视着我的双眼，微笑着。

"不行，不行，伯顿，再说下去就是造谣了，我们不能再节外生枝了。"

他轻快地消失在街道那头。

4

我站着目送派伊先生离开时，教堂的门开了，迦勒·邓恩·卡尔斯罗普牧师走了出来。

他冲我暧昧地一笑。

"早——早安，呃——"

我帮了他一下。"伯顿。"

"对，对，别以为我不记得你，只是一时没想起尊姓大名。真是个好天气啊！"

"是的。"我简短地回答。

他看了我一眼。

"但事情——那些事情——哦，对，那个在辛明顿家帮佣的可怜孩子。虽然难以置信，但我必须承认，这个地方确实发生了谋杀案，呃……柏……伯顿先生。"

"确实感觉有点不可思议。"我说。

"我刚听说了一件事,"他靠近我,说,"听说又有人收到了匿名信,你有没有听到这方面的谣言?"

"听到了。"我说。

"真是卑鄙又懦弱的事,"他顿了顿,然后引用了一长串拉丁文,"贺拉斯的这段话正适合当下的情况,你不觉得吗?"

"合适极了。"我说。

5

看起来似乎没人适合交谈了,于是我往家走,顺道买了点烟和一瓶雪利酒,听了听底层阶层的人对这件事的看法。

"是卑鄙的流浪汉干的!"——似乎是那些人的结论。

"跑到别人家门口,哭哭啼啼地讨钱,碰到只有一个女孩子在家的,他们就露出丑陋的本来面目。我妹妹多拉有次去康伯爱斯,就有过一次可怕的经历——那家伙醉了,上门卖那种小本诗集……"

故事的结尾是,勇猛的多拉勇敢地当着流浪汉的面砰地把门关上了,然后躲到一个隐蔽的角落保护自己。从讲述者的口气推测,我想多拉一定藏在洗手间里。"她就这样一直等到女主人回来!"

我到小弗兹时,只差几分钟就要吃午饭了。乔安娜一动不动地站在起居室的窗前,思维仿佛已飘到很远很远的地方。

"你一个人在这儿干什么呢?"我问。

"哦,我也不知道,没什么特别的事。"

我走出屋子站在门廊上。铁桌边放着两把椅子,桌上有两个空的雪利酒酒杯。一把椅子上放着一样东西,我看了半天也没看出是什么。

"这到底是什么玩意儿?"

"哦,"乔安娜说,"大概是一张患病脾脏的照片,格里菲斯医生好像以为我对此有兴趣。"

我好奇地看着照片,每个男人都有追女人的一套。换成是我,绝对不会选择脾脏的照片——不管有没有患病。不过显然,这是乔安娜自己要求看的!

"看起来真让人不舒服。"我说。

乔安娜说确实如此。

"格里菲斯还好吗?"我问。

"看起来累得要命,而且很不开心。我猜他可能有什么心事。"

"是不是某个脾脏不服从他的治疗?"

"别犯傻了!我是说认真的。"

"我敢打赌,那家伙心里一定记挂着你。但我希望你能放他一马,乔安娜。"

"哦,别胡说,我又没做什么。"

"女人总是这么说。"

乔安娜生气地快步走开了。

那张患病脾脏的照片在阳光的直射下开始有点卷曲,我捏着照片的一角,拿进起居室。虽然我一点也不喜欢这张照片,但我想格里菲斯一定很珍惜它。

我从书架底层拿出一本厚书,想把照片夹进去压平。那是一本布道用的书,厚重极了。

但一打开这本书,我就被吓了一跳。仔细一看,有好几页从书的中间部分被整整齐齐地割了下来。

6

我就这样站着,盯着那本书。我又翻到扉页,发现是一八四〇年出版的。

毫无疑问,我手里拿的这本书,就是用来拼凑匿名信的书。那么到底是谁割下来的呢?

首先,很可能是艾米丽·巴顿本人。她显然是第一个能想到的。也有可能是帕特里奇。

但也有其他可能,任何曾经单独在这个房间里待过的人都有可能动手。比如在这里等艾米丽小姐的客人,或者因公来访的人。

不对,这种情况似乎不大可能。我记得有一天,一名银行职员来找我,帕特里奇把他带到屋子后面的小书房去了。显然,照规矩,那里才是客人等待的地方。

是来访的客人吗?某个"有社会地位"的人。派伊先生?艾米·格里菲斯?邓恩·卡尔斯罗普太太?

7

呼唤铃响了,我过去吃午餐。吃完回到起居室,将刚才的发现拿给乔安娜看。

我们讨论过一切可能性之后,我把书拿到了警察局。

他们因这项发现欣喜若狂,猛拍我的后背赞赏我,虽说我只是单纯的幸运罢了。

格里夫斯不在,不过纳什在,他马上打电话给前者告知这件事。他们会去检验上面有没有指纹,虽然纳什觉得不会有什么收获。关于这点，我也这么认为。上面只有我和帕特里奇的指纹，这表示帕特里奇确实在一丝不苟地打扫。

之后纳什和我一起返回山顶小屋，我问他有没有什么新的进展。

"我们正在逐步缩小调查范围，伯顿先生，删掉没有嫌疑的人。"

"哦，"我说，"那还剩下哪些人？"

"金奇小姐，她昨天下午跟一位客户约在一幢房子里见面，离康伯爱斯路不远，去辛明顿家也要走这条路。也就是说，她每天出门、回家，都会经过辛明顿家……还有上星期辛明顿太太收到匿名信自杀的那天，是她在辛明顿公司上班的最后一天。辛明顿先生本来以为金奇小姐一下午都没离开办公室，因为他下午接待亨利·勒辛顿时打了好几次电话给金奇小姐。不过后来我发现，三点到四点这段时间内她离开过办公室，去买一些高面额的邮票。本来可以叫办公室里的年轻人去的，金奇小姐却声称头痛，要出去呼吸一点新鲜空气。她并没出去太久。"

"但也够久了？"

"对，只要走快点，绝对来得及绕过村子另一边，把信丢进辛明顿家的信箱，然后赶回办公室。不过我必须承认：没有人看到她走近辛明顿家。"

"是因为没人注意吧？"

"这个就说不准了。"

"你还怀疑什么人？"

纳什直视着前方，视线越过我。

"你应该知道，事实上我们不能完全排除任何人——所有人。"

"嗯，"我说，"我明白。"

他严肃地说:"格里菲斯小姐昨天到布兰登跟一个女子团契的女孩见面,却到得相当晚。"

"你不会认为——"

"不,我不会以为什么,我只是不明白。格里菲斯小姐是个有教养且脑筋正常的女人——所以我说,我不明白。"

"那上星期呢?她有可能把信塞进辛明顿家的信箱吗?"

"可能,那天下午她上街买东西。"他顿了顿,"艾米丽·巴顿小姐也一样,她昨天下午很早就出门买东西了。还有上星期三下午,巴顿小姐步行去几位朋友家做客,都曾路过辛明顿家门口。"

我难以置信地摇摇头。自从我在小弗兹发现那本被人割过的旧书之后,思维便受限于凶手是这幢房子里的人,这时我突然想到艾米丽小姐昨天来访时,那兴奋、愉快的神情……

去他的——兴奋……对,兴奋——微红的脸颊——闪亮的眼睛——一定不会是因为——不会是因为——

我含混地说:"这样实在不好!看到一些事,然后就胡思乱想更多的事——"

"是的,要把日常碰到的人当成可能去犯罪的神经病,实在不是件愉快的事。"

他顿了顿,又说:"还有派伊先生——"

我尖声说:"你也认为他有可能?"

纳什露出微笑。

"是的,我们当然把他也列入了怀疑范围。他是个很奇怪的人——不对,我该说,他是个好人。但他没有不在场证明,两个星期三的下午他都独自一人待在花园里。"

"所以,你们并非只怀疑女人?"

"我不认为那些信出自一个男人之手——我对这点很有把

握——格里夫斯也同意我的看法。不过派伊先生是个例外，他的个性中有一种变态的女性倾向。昨天下午我们去调查了每一个人。你知道，在这起谋杀案上，你没有问题，"他露齿一笑，"令妹也清白。辛明顿先生那天到办公室之后就一直没离开，格里菲斯医生在村子的另一头出诊，我已经调查过了。"

他停下来，又笑了笑，说："你看，我们全都查过了。"

我缓缓说道："所以，现在你的嫌犯名单上就只剩下三个人了——派伊先生、格里菲斯小姐和巴顿小姐？"

"哦，不，不，除了牧师太太之外，我们还有两个嫌疑人。"

"你想到她了？"

"我们每个人都想到过。邓恩·卡尔斯罗普太太疯狂得有点太显眼了，希望你明白我的意思，但她仍然有能力做这件事。昨天下午，她在树林里看鸟——鸟当然没办法替她作证。"

欧文·格里菲斯走进警察局，他猛地转过身。

"嗨，纳什，听说你今天早上到处找我，有什么重要的事吗？"

"格里菲斯医生，要是可以的话，我们想星期五进行聆讯。"

"行，今晚我和莫斯比验尸。"

纳什说："还有一件事，格里菲斯医生。辛明顿太太生前曾服用你给她配制的……药粉还是什么……"

他停下来。

欧文·格里菲斯用疑问的口气说："嗯？"

"那种药粉如果服用过量，会不会致死？"

格里菲斯冷冷地说："当然不会，除非她一次吃二十五份！"

"不过霍兰德小姐告诉我，你曾经警告她不要服药过量，那样很危险。"

"哦，对，辛明顿太太是那种什么事都会做过头的女人，她总觉得吃两倍分量的药就会有两倍的效果。但我们做医生的，甚至不鼓励任何人多吃非那西汀或者阿司匹林，因为对心脏不好。而且，无论如何，死因已经确定是氰化物中毒。"

"哦，我知道，但你还不明白我的意思。我只是觉得，如果一个人想自杀，应该宁可选择服用过量安眠药，也不会选择服用氰酸自尽。"

"嗯，确实如此。不过从另外一方面来说，氰酸比较有戏剧性，而且一定能达到目的。若是服用巴比酸盐之类的，很快被人发现的话，就有可能救得活。"

"我懂了，谢谢你，格里菲斯医生。"

格里菲斯走了，我也向纳什道别，慢慢朝回家的路上走。乔安娜出去了——至少我没看到她。电话机旁留了一张不知所云的纸条，大概是留给帕特里奇或者我看的。

要是格里菲斯医生打电话来，告诉他我星期二去不了，星期三或者星期四都可以。

我扬扬眉毛，走进起居室，坐进最舒服的那把扶手椅——其实这儿的椅子都谈不上舒服，全是直背的，而且都是已故的巴顿太太留下来的——我伸了伸腿，试着思考整件事。

我忽然很生气地想到，欧文刚才打断了我跟督察的谈话。督察提到还有两个嫌疑人。

我开始猜那两个人会是谁。

帕特里奇或许是其中之一？首先，那本被裁了的书是在这幢屋子里发现的，而且作为安格妮斯的良师益友，她可以在后者毫不起疑的情况下将其击昏。没错，不能排除帕特里奇的嫌疑。

可另外那个人又是谁呢？

或许是我不认识的人？克里特太太？镇上人最先怀疑的对象？

我闭上眼，考虑着那四个人，他们迥然相异。是温和却脆弱的艾米丽·巴顿吗？她有哪些可疑的地方？生活太贫困，还是儿时创伤的影响？为别人做了太多牺牲，还是她总是对"不好的事"抱有一种奇怪的恐惧？这些会是导致她打从心里对这类事感兴趣的原因吗？我是不是太弗洛伊德了？我记得有位医生曾经告诉我，一位外表温柔的女性受到催眠之后所说的话，才是她的真心话。"你甚至想不到她知道那些字眼！"

是艾米·格里菲斯吗？

显然她没有什么心理负担或压抑的心事。她快乐，像个男子一样洒脱，又非常成功，生活充实而忙碌。但邓恩·卡尔斯罗普太太却说她是个"可怜的东西"。

另外还有一些事——一些——我该记得的往事……哦，我想起来了！欧文·格里菲斯曾经说过："我们住在北方的时候，也发生过匿名信事件。"

那会不会也是艾米·格里菲斯的杰作？这也实在太巧了，两件完全一样的事。

等一下，格里菲斯说，那次匿名信事件的始作俑者最后找出来了，是个女学生。

我忽然觉得好冷，一定是从窗口吹进来了一阵冷风。我在椅子里不舒服地动了动。为什么我突然觉得奇怪且不安呢？

接着往下想……艾米·格里菲斯？或许那次的匿名信就是艾米·格里菲斯写的，而不是那个女学生？接着艾米来到这里，重施故伎？所以欧文·格里菲斯才会那么不快乐，像被施了魔咒？

他一定在心里怀疑，对，他在怀疑……

派伊先生呢？毕竟他并不是个非常友善的人，我几乎可以想象出他导演了整出戏，然后躲在背后暗笑……

门厅电话机旁的那张留言条——我为什么总想着它？格里菲斯和乔安娜——他已经拜倒在她的石榴裙下了……不，我烦恼的不是那张纸条，而是其他一些事……

这时我的意识已经有些飘忽了，睡意渐浓。我愚蠢地自言自语着："无火不生烟，无火不生烟……就是它……它是连接一切的关键。"

接着我和梅根一起走在街上，霍兰德经过我们身边。她打扮得像个新娘，路人议论纷纷。

"她总算要嫁给格里菲斯医生了，当然，他们已经私下订婚好几年了……"

然后我们到了教堂，邓恩·卡尔斯罗普牧师正在用拉丁文做祷告。

进行到一半时，邓恩·卡尔斯罗普太太忽然跳起来，大声叫道："一定得阻止这件事，我告诉过你，一定得阻止这件事！"

有那么一会儿，我都搞不清楚自己是醒着还是已经睡着。接着，我的大脑清醒过来，想起自己在小弗兹的起居室里，邓恩·卡尔斯罗普太太刚从打开的落地窗走进来，站在我面前，紧张而粗鲁地说："一定得阻止这件事，我告诉过你。"

我跳起来，说："对不起，我恐怕睡着了。你刚才说什么？"

邓恩·卡尔斯罗普太太一只手握成拳头，用力击向另一只手的手掌。

"一定得阻止这件事，那些匿名信！谋杀案！不能再让像安格妮斯·华戴尔那么无辜的可怜孩子被杀了！"

"你说得对极了，"我说，"可你打算怎么办呢？"

邓恩·卡尔斯罗普太太说："我们必须采取行动！"

我笑了，也许带点超然的意味。

"那你觉得我们必须采取什么行动呢？"

"把整件事弄清楚！之前我说这里并不是个邪恶的地方，我错了，这里确实是个邪恶的地方。"

我有些生气，于是不太礼貌地说："没错，亲爱的女士，那你到底打算怎么做呢？"

邓恩·卡尔斯罗普太太说："阻止整件事，这还用说？"

"警方已经尽了力。"

"安格妮斯昨天都被人杀了，可见警方还不够卖力。"

"那么，你比他们还了解整件事？"

"不，我什么都不知道，所以我才想请一位专家来。"

我摇摇头。

"你没什么能做的，苏格兰场只接受郡警察局长的援助申请，况且他们已经派来格里夫斯帮忙了。"

"我指的可不是那种专家，我所说的专家不是专门研究匿名信或者杀人案的专家，而是深知人性的专家。你难道还看不出来吗？我们需要一个对邪恶非常了解的人。"

这个观点很奇怪，却不知怎的让人兴奋。

我还没来得及说什么，邓恩·卡尔斯罗普太太就对我点点头，自信满满地说："我马上就去办。"

说完又从落地窗走了出去。

第十章

1

接下来的一个星期,是我这辈子所经历过的最奇怪的时光。恍如一场怪异的梦,一切都那么不真实。

林姆斯托克所有好奇的人都参加了对安格妮斯·华戴尔案的聆讯。没有任何新发现,最终无奈地得到判决:"被不知名的凶手谋杀。"

于是,可怜的安格妮斯·华戴尔,在一度成为众人的焦点之后,终于被埋进安静的老教堂墓地。林姆斯托克的生活一如往昔。

不,最后一句话说得不对,不能说一如往昔……

几乎每个人的眼里都有一种半畏惧、半期望的神色。邻居彼此监视着。聆讯明确了一点——杀死安格妮斯·华戴尔的肯定不是外人。没人在附近看到流浪汉或陌生人。那么,一定是没事儿在高街上闲逛、购物,消磨时间的林姆斯托克的某个人,敲碎了那个毫无抵抗力的女孩的脑袋,又将一根锋利的串肉钎子插入她的脑子。

没有人知道这个人是谁。

日子继续像我说的那样,像做梦一样一天天过去。我开始以一种新的眼光看每个人——认为每个人都有可能是凶手。这感觉可不愉快!

每到晚上,拉下窗帘之后,乔安娜和我都会坐下来谈了又谈,辩了又辩,挨个讨论各种各样可能性,每一种都像天方夜谭般不可思议。

乔安娜始终坚信是派伊先生,至于我,经过一阵犹豫之后,又回到最开始的理论,怀疑金奇小姐。不过我们还是一再讨论另外几个有嫌疑的人:

派伊先生?

金奇小姐?

邓恩·卡尔斯罗普太太?

艾米·格里菲斯?

艾米丽·巴顿?

帕特里奇?

同时,我们始终紧张且担忧地等待着事情的后续发展。

但是什么都没发生。就我们所知,不再有任何人收到匿名信。纳什时不时出现在街上,至于他在做什么,警方又设了什么陷阱,我一点都不明白。格里夫斯走了。

艾米丽·巴顿来家里喝过下午茶,梅根来吃过午饭,欧文·格里菲斯出诊途中来拜访过。我们去派伊先生家品尝过雪利酒,到牧师家里喝过下午茶。

我很高兴地发现,邓恩·卡尔斯罗普太太不再像上次见面时那样态度强硬凶狠。我想她大概已经完全忘记上次的事了。

她现在似乎只关心如何消灭白蝴蝶,以保全园子里的花椰菜和甘蓝菜等植物。

在牧师家度过的那个下午,是迄今为止最安详的一个下午。牧师家是幢迷人的古宅,有一间宽敞、简朴且舒适的起居室,挂着褪了色的玫瑰印花棉布窗帘。邓恩·卡尔斯罗普夫妇家里有位房客,是位上了年纪的和蔼妇人,正在用白色毛线织东西。我们正享用着美味的热司康饼配茶时,牧师进来了,一边平静地冲我们笑,一边畅谈他那渊博的学识。我们过得非常愉快。

我可没说我们有意避开与谋杀相关的话题,事实上我们确实聊起了此事。

那位访客,马普尔小姐,自然被这个话题吓坏了。她用遗憾的口吻说:"我们那儿可没有这种事!"她认定,死去的女孩就像她家的爱蒂斯一样。

"那么好的一个女佣,那么卖力,只是偶尔反应有点慢。"

马普尔小姐一个堂兄的侄女的嫂子,也曾遭到一些匿名信的困扰。因此,那些信,同样激起了这位可爱的老太太的兴趣。

"告诉我,亲爱的,"她对邓恩·卡尔斯罗普太太说,"村里的人——不,镇上的人怎么说?他们觉得是怎么回事儿?"

"我想,大概认定是克里特太太干的。"乔安娜说。

"哦,不,"邓恩·卡尔斯罗普太太说,"现在他们不这么想了。"

马普尔小姐问克里特太太是谁。

乔安娜告诉她是村里的女巫。

"这么说对吧,邓恩·卡尔斯罗普太太?"

牧师低声念了一段拉丁文,我想大概和巫师的邪恶力量有关,虽然我们都听不懂,但都沉默着表达尊敬。

"她是个很愚蠢的女人,"牧师太太说,"喜欢在人前表现。每到月圆的晚上,就出去采草药什么的,还让周围的每个人都知道。"

"我想,一定有一些傻女孩去向她求教吧?"马普尔小姐说。

我发现牧师准备再诵读一段拉丁文，于是急忙问："为什么现在大家不怀疑她是凶手了呢？他们不是认为匿名信是她写的吗？"

马普尔小姐说："哦！可我听说那女孩是被串肉的钎子刺死的——听了真让人不舒服！不过，这么一来就完全除掉这位克里特太太的嫌疑了。因为你知道，她的方法是诅咒她，然后那女孩就会以某种自然方式死掉。"

"这种古老的信仰居然流传了下来，真是奇怪，"牧师说，"在早期基督教时代，地方迷信与基督教教义互相融合，借此清除了不少恶劣的风俗。"

"我们现在要对付的可不是迷信，"邓恩·卡尔斯罗普太太说，"而是事实。"

"而且是很不愉快的事实。"我说。

"你说得对，伯顿先生。"马普尔小姐说，"而你——请原谅我不客气地直说了——你是个外人，你了解外面的世界，熟知生活的方方面面。因此，我觉得你应该能找到解决这个讨厌问题的办法。"

我笑了，说："目前，我最好的解决办法就是做梦。在我的梦里，一切归位，得到了圆满的解决。可惜，一觉醒来，发现只是荒唐的胡思乱想！"

"真有意思。请务必告诉我，你都胡思乱想了些什么？"

"哦，全都因为一个可笑的谚语——'无火不生烟'。人人都在说这句话，几乎让我作呕。后来我又把它跟战争联想在一起，烟幕、纸条、电话留言——不对，那是另外一个梦。"

"那个梦又是什么？"

这位老太太表现得那么有兴趣，我想她私下里一定也看过

《拿破仑的梦集》,那本书是以前服侍我的护士的最爱。

"哦!只是梦到辛明顿家的保姆兼家庭女教师埃尔西·霍兰德嫁给了格里菲斯医生,牧师在这里用拉丁文为他们祈祷——("真合适啊,亲爱的。"邓恩·卡尔斯罗普太太悄声对丈夫说。)接着邓恩·卡尔斯罗普太太站起来,说一定得阻止这件事!"

"最后一部分,"我微笑着继续道,"是真实发生的。因为我醒来的时候,发现你就站在我面前,说这句话。"

"这话我说得没错。"邓恩·卡尔斯罗普太太说。我很高兴地发现,她的态度非常温和。

"怎么会突然冒出个电话留言呢?"马普尔小姐皱着眉问我。

"对不起,我没说清楚。那也不是梦里的事,我睡之前,在门厅发现了一张乔安娜留的纸条,让我们转告打电话的某人……"

马普尔小姐俯身向前,两颊都染上了点红晕。"如果我问你那张纸条上写了些什么,会不会有些太好管闲事,太粗鲁了?"她瞥了一眼乔安娜,"请原谅,亲爱的。"

其实乔安娜非常乐在其中。

"哦,我不介意,"她向老妇人保证道,"我自己都不太记得了,不过或许杰里记得。我想一定是件琐碎的小事。"

老妇人所表现出的浓厚兴趣让我感到满足,于是尽可能照原样背出那些字句,且语气郑重。

我担心纸条的内容会让她失望,但她点头微笑,仿佛很高兴,或许是勾起了她对爱情的感伤情绪。

"我懂了,"她说,"我也猜大概是这类话。"

邓恩·卡尔斯罗普太太尖声问:"哪一类话,简?"

"很平常的几句话。"马普尔小姐说。

她若有所思地看了我一会儿,然后出人意料地说:"我看得出,你是个非常聪明的年轻人,但还不够自信。你应该更自信才对!"

乔安娜大喊一声。

"老天!可别这样鼓励他,他的自信心已经过剩了。"

"安静点,乔安娜,"我说,"马普尔小姐了解我。"

马普尔小姐继续手上的编织活儿,有些忧郁地对我说:"制造一件成功的谋杀案,就像变一场魔术。"

"用手的动作骗过人的眼睛?"

"不只是这样,还要引诱观众看向错误的东西和方向——我记得术语是'误导'。"

"哦,"我说,"目前为止,我们似乎都没找对方向,所以看不到那个疯子。"

"如果是我,"马普尔小姐说,"就会在正常人中寻找。"

"对,"我沉思道,"纳什也这么说,我记得他还强调是个受人尊敬的人。"

"对,"马普尔小姐表示赞同,"这一点非常重要。"

嗯,看来大家的意见都一样。

我又对邓恩·卡尔斯罗普太太说:"纳什认为,一定还会出现更多的匿名信,你觉得呢?"

她缓缓说:"或许吧,我想。"

"要是警方这么想,就一定会有。"马普尔小姐说。

我还是固执地追问邓恩·卡尔斯罗普太太。

"你还是为那个写信的人感到难过吗?"

她红着脸说:"为什么不能?"

"亲爱的,我不同意你的看法,"马普尔小姐说,"至少在这件案子上。"

我激动地说："匿名信已经逼得一个女人自杀,还令许多的人感到伤心痛苦。"

"你收到过匿名信吗,伯顿小姐?"马普尔小姐问乔安娜。

乔安娜咯咯地笑着说:"哦,有!信上说了些好可怕的事。"

"我想,"马普尔小姐说,"年轻漂亮的人最容易被选为匿名信的对象。"

"所以,埃尔西·霍兰德没收到匿名信才让我觉得特别奇怪。"我说。

"我想想,"马普尔小姐说,"你说的是不是辛明顿家的保姆兼家庭女教师——就是你梦到的那位,伯顿先生?"

"是的。"

"她很可能收到过,只是不肯说。"乔安娜说。

"不,"我说,"我相信她的话,纳什也是。"

"哎呀,"马普尔小姐说,"事情变得有意思了!这是我听过的最有意思的事了。"

2

回家途中,乔安娜说我实在不该不停地提纳什说匿名信还会再出现的事。

"为什么?"

"因为邓恩·卡尔斯罗普太太也许就是写匿名信的人。"

"你不会真这么想吧?!"

"我不敢肯定,但她是个奇怪的女人。"

于是我们又开始讨论各种可能。

两天之后的一个晚上,我搭车从伊克斯汉普顿回来。我在那儿吃过晚饭才动身回来,所以到林姆斯托克时已经天黑了。

车灯出了点毛病,我尝试降慢车速开开关关了几次,最终决定下车看看。我弄了好一会儿,终于修好了。

这条路很荒僻,天黑之后,林姆斯托克附近就没什么人了。前方能看到几幢房子,丑陋的女子学校夹在其中。看着它在微弱的星光下若隐若现,我忽然有股冲动,想过去看看。我不确定是否瞥到了一个模糊的身影穿过大门——即使看到,也因为太不清楚而未唤醒我的任何记忆,只是忽然有种难以抑制的好奇。

大门微启,我推开门走进去。穿过一条短径,再登上四级楼梯,就到了正门口。

我站在那里犹豫了一会儿。自己到底在做什么?我不知道。接着,我忽然听到一阵沙沙声,近在耳边,像是女人走路时的衣服声。我慌忙转身,朝声音传来的那个角落走去。

我一个人都没看到,于是继续走,又绕过另一个角落。我发现屋后离我仅仅两英尺的地方,有一扇窗子开着。

我爬到窗边,侧耳倾听,什么声音也没有,但不知为什么,我相信屋里一定有人。

虽说目前我的背部还不太适合随意攀高爬低,但我还是努力撑起身子,爬上了窗台。不幸的是,还是弄出了一点声音。

我站在窗台上,凝神听着。接着我走上前,双臂伸直,向前摸索着。这时,我听到右前方传来一个微弱的声音。

口袋里有一支手电筒,我拿出来扭亮。

立刻传来一个低沉却尖锐的声音:"快关掉。"

我马上照做了,因为在这短短的一瞬间,我认出那是纳什督察。

他抓住我的手臂,推我穿过一道门,来到一条走廊。四周都没有窗户,站在这里不用担心会被外面的人看到。他扭亮一盏灯,看着我,神情中的悲痛成分多于愤怒。

"你为什么偏偏在这一刻闯进来,伯顿先生?"

"对不起,"我道歉,"我预感自己惹上了麻烦。"

"确实很有可能。你有没有看到什么人?"

我迟疑了一下。"我不敢肯定,"我缓缓地说,"我有一种模糊的感觉,好像看到有人从大门溜进来,可又没有看到是谁。后来我又听到屋子旁响起了沙沙声。"

纳什点点头。

"没错,有人比你早一步到这幢屋子。他(或者她)在窗边犹豫了一下,然后快步离开了——我想是因为听到了你的动静。"

我再度道歉,之后问:"到底怎么回事儿?"

纳什说:"我在赌所有写匿名信的人都会忍不住继续写,她或许知道这么做很危险,但就是忍不住。就像酒瘾或毒瘾发作一样。"

我点点头。

"而且,伯顿先生,我想不管写匿名信的是谁,都希望那些匿名信看起来尽量一模一样。她已经从那本书上割下了足够的页数,可以继续剪贴信的正文,不过打印信封是个问题。她肯定想用同一部打字机打,她不敢冒险用另一台打字机,或者手写。"

"你真的认为她会继续这种游戏吗?"我不敢相信地问。

"对,我相信,而且我敢跟你打赌,她一定充满自信。这种人都自负得不得了!总之,我猜不管那个人是谁,都会在天黑之后偷偷来女子学院,为了用那台打字机。"

"金奇小姐?"我说。

"有可能。"

"你还不知道?"

"还不知道。"

"但你已经有怀疑对象了?"

"对,那个人非常聪明,伯顿先生,对匿名信的所有花样都了如指掌。"

我可以想象纳什所布下的各种搜索网,我毫不怀疑警方对所有可疑信件,包括亲手投递的信件,都马上加以检查。罪犯迟早会放松警惕,从而露出马脚。

我第三次向纳什道歉,由于过于热心,我破坏了他的计划。

"哦,算了,"纳什冷静地说,"事情已经过去了,希望下次运气好点。"

我走进夜色中,发现车子旁站着一个模糊的人影,然后惊讶地发现原来是梅根。

"嗨!"她说,"我想这应该是你的车子,你在干吗?"

"你在干吗才比较重要吧。"我说。

"我出来散步,我一向喜欢晚上散步。没人会拦住你说一些无聊的事,而且我喜欢星星,晚上的空气也比较新鲜,一切都看起来很神秘。"

"我非常赞同你说的这些,"我说,"可是只有猫和女巫才会在晚上出门散步,家里人也会为你担心的。"

"不,不会的,他们从来不问我去了什么地方,做了什么事。"

"你近来好吗?"我问。

"我想还不错。"

"霍兰德小姐有好好照顾你吗?"

"埃尔西还不错,只可惜天生是个傻子。"

"这话真恶毒——不过也许是真的。"我说,"上车,我送你回去。"

似乎并不能说从来没人关心梅根。

我们开车驶近辛明顿家时,辛明顿正站在门前的楼梯上。

他望着我们。"嗨,梅根在车里吗?"

"在,"我说,"我把她送回来了。"

辛明顿严厉地说:"你不能总是这样一声不吭就出门了,梅根。霍兰德小姐一直很担心你。"

梅根呢喃了些什么,然后经过他身边走进屋里。辛明顿叹了口气。

"家里有个已经长大成人的女孩,却没有母亲照顾,真是责任重大。我想她这个年纪已经不能去学校了。"

他用怀疑的眼光望着我,说:"我想,你开车带她出去兜了一圈风?"

我认为这个问题还是不回答的好。

第十一章

1

第二天，我简直是疯了。事后回想起来，我只能说"疯狂"是唯一的解释。

又到了每个月去马库斯·肯特那里就医的日子。我准备搭火车去。令我感到万分意外的是，乔安娜居然选择留在林姆斯托克。以往她总是迫不及待地与我同行，并且每次都要多住几天才回来。

但是这一次，虽然我提议当天晚上就坐火车回家，乔安娜的答复还是让我吃了一惊。她只是神秘兮兮地告诉我她有很多事情要做，何必放弃那么可爱的乡下日子，把宝贵的时间浪费在乱糟糟的火车上呢？

这样的说法自然是无可否认，但听起来太不像乔安娜的口气了。

她说她不需要用车，于是我把车开到火车站，停在附近，准备回来时再开回家。

出于某种只有铁路公司才知道的原因，林姆斯托克的火车站在离林姆斯托克村足足半英里远的地方。半路上，我看到梅根正百无聊赖地闲逛，就停下车来。

"嗨,你在干吗?"

"出来散步。"

"我想一定不是一次愉快的散步,你慢吞吞挪步的样子,看起来就像只垂头丧气的蜘蛛。"

"哦,反正我也没什么特别想去的地方。"

"那你送我到车站算了。"我打开车门,梅根跳了上来。

"你要去哪儿?"她问。

"伦敦,去看医生。"

"你的背不会又恶化了吧?"

"康复得很好,我想他看到我一定非常高兴。"

梅根点点头。

我们一路抵达车站,我停好车,到售票口买好车票。站台上只有寥寥几人,我一个都不认识。

"可以借我一便士吗?"梅根说,"我想去自动贩售机买点巧克力。"

"拿去吧,小家伙。"我说着把钱递给她,"你确定不顺便买点口香糖或者薄荷糖什么的吗?"

"我最喜欢吃巧克力。"梅根说,丝毫没察觉我是在取笑她。

她走到巧克力贩售机前,我看着她的背影,忽然越来越生气。

她穿着一双破破烂烂的鞋子、粗俗丑陋的袜子、一件肥大不成形的上衣和松垮垮的裙子。我不知道为什么这些会惹得我不高兴,反正我就是觉得生气。

她一回来,我就生气地说:"你为什么要穿这么难看的袜子?"

梅根低头看看自己的袜子,一脸诧异。

"我的袜子有什么不对劲吗?"

"哪儿都不对劲,让人讨厌。还有,为什么穿这种罩衫,你看起来就像一颗腐烂的卷心菜。"

"这件衣服很好,不是吗?我穿了好几年了。"

"可以想象。还有,你为什么——"

就在这时,火车来了,打断了我愤怒的质问。

我坐进空荡荡的头等车厢,打开窗子,探出身,继续说刚才的话。

梅根仰着脸站在下面,问我为什么那么生气。

"我没有生气,"我没说真心话,"只是看到你这么邋遢,不注意自己的外表,忍不住感到愤怒。"

"反正不管怎样,我看起来也不会好到哪里去,又有什么关系呢?"

"我的老天,"我说,"我要看到你穿得整整齐齐的。我要把你带去伦敦,然后从头到脚好好打扮一下。"

"我希望你真的能。"梅根说。

火车开始动了,我低头看着梅根扬起的脸,上面写满了期待。

接着,就像我刚才所说,一阵疯狂的意念突然涌进我的大脑。

我打开车门,抓住梅根的手臂,一把将她拉进了车里。

车站上的行李搬运工惊呼一声,可他也只能动作敏捷地再次把车门关牢。我的鲁莽行为使得梅根摔在了地上,我赶忙将她拉起来。

"你这是要干什么?"她揉着一边的膝盖,问我。

"闭嘴,"我说,"我要带你一起去伦敦,等我把你打扮好,你会连自己都认不得。我要让你看看,只要肯尝试,你会有多大的改变。我受够了看着你垂头丧气、无所事事的模样。"

"哦!"梅根出神地低语。

检票员来了,我替梅根买了张往返票。她坐在位子上,尊敬而畏惧地望着我。

"我不得不说,"检票员走后她说,"你的举动实在太突然了,是不是?"

"是很突然,"我说,"我们家人都这样。"

我该怎么向梅根解释那阵突如其来的冲动呢?她本来像只被主人抛在一边的可怜小狗,现在却带着一种难以置信的愉快神情,像正高高兴兴跟着主人散步的小狗。

"我猜你不太了解伦敦吧?"我对梅根说。

"不,我很了解,"梅根说,"每次去学校都要路过。我去看过牙医,还看过一幕哑剧。"

"这一回,"我神秘地说,"你会看到一个完全不一样的伦敦。"

到伦敦时,离我与医生的预约时间还差半个小时。

我叫了辆出租车,直奔米瑞迪女装店,乔安娜的衣服都是这儿做的。米瑞迪的裁缝特立独行、友好活泼,四十五岁,叫玛丽·格雷。她是个非常聪明的女人,也是个易相处的朋友,我一直很喜欢她。

我事先嘱咐梅根:"你就当是我的堂妹。"

"为什么?"

"别问我为什么。"

玛丽·格雷在招待一位结实矮胖的犹太妇人,后者正陶醉于一件超紧身的粉蓝色晚礼服。我把玛丽·格雷拉到一边。

"听着,"我说,"我带了个小堂妹来,乔安娜本来也要来的,可惜临时有事。不过她说一切交给你就行了。你看到那个女孩现在的样子了吧？"

"天哪，看到了。"玛丽·格雷用颇具感情的声音说。

"好，我希望她从头到脚焕然一新。全权委托给你了。袜子、鞋子、内衣，一切！对了，替乔安娜做头发的店也在这附近，对不对？"

"安东尼？就在街角，我会帮她设计发型的。"

"你真是个百里挑一的好女人。"

"哦，很高兴听到你这么说——不过别忘了付钱——可别笑我，我这里至少有一半女客从来不付钱。不过我还是要说，很高兴听到你这么说。"她带着职业的眼光迅速打量了一番一旁的梅根，"她的身材很好。"

"你一定有透视眼，"我说，"在我看来，她毫无身材可言。"

玛丽·格雷大笑。

"都是那些学校害的。"她说，"它们为把女孩子变得规规矩矩、毫无存在感而自豪，还说那样很可爱、不世故。有时候差不多要整整一年，才能教会那些女孩子如何打扮，看起来像个女人。不过别担心，一切交给我就好了。"

"好，"我说，"我六点左右回来接她。"

2

马库斯·肯特看到我的恢复情况很高兴，说我比他预计的最好结果还要好很多。

"你的体质一定像头大象，"他说，"才会复原得这么快。嗯，乡下的新鲜空气、不熬夜，以及平静的心境，也是医治重病的良方啊。"

"前面两点说对了,"我说,"不过可别以为乡下就没有刺激事,至少我经历了不少。"

"什么样的刺激?"

"谋杀。"我说。

马库斯·肯特噘起嘴,吹了声口哨。

"田园里的恋爱悲剧?农夫杀死了他的情人?"

"完全不是,是一个狡猾、坚定又疯狂的凶手。"

"我怎么一点都没听说。他是什么时候被抓到的?"

"还没被抓到呢,而且是个女人!"

"啊!我觉得林姆斯托克恐怕不适合你,老弟。"

我坚定地说:"不,非常适合我,你别想把我从那个地方弄走。"

马库斯·肯特很聪明,他马上反应道:"原来如此,遇到了一个漂亮的金发女郎?"

"不是那么回事儿,"我有点罪恶感地想起埃尔西·霍兰德,"我只是对犯罪心理学产生了很大的兴趣。"

"哦,好吧,反正目前为止没对你造成什么坏影响,不过当心点,别让那个疯狂的凶手找上你了。"

"这种担心太离谱了。"我说。

"今晚一起吃晚饭怎么样?你可以好好谈谈那个遭人唾弃的凶手。"

"对不起,我已经有约了。"

"是跟小姐约会吗?好啊,看来你真的是快康复了。"

"我想你可以这么说。"我说,不禁对梅根是我的约会对象这一点感到好笑。

六点整,我回到米瑞迪女装店,店门已经关闭了。玛丽·格雷到样品间外来接我,她把一只手指放在嘴唇上。

"你一定会大吃一惊!我不客气地自夸一句,这件工作做得可真漂亮。"

我走进宽大的样品间,梅根正站在一面落地镜前看着自己。我敢发誓,我真的几乎没认出她来!有那么一会儿,我简直忘了呼吸。高而苗条,像柳树般婀娜多姿,修长的双腿被丝袜包裹,脚上穿着合适的鞋子。啊,多么可爱的双脚和双手,以及细柔的身段——处处洋溢出高贵和与众不同。她的头发整修得恰到好处,闪着柔和的栗色光芒。他们很聪明,没在她脸上改变什么。她没有化妆,或者是妆容轻薄精致得看不出来。那红唇则根本无须口红修饰。

另外她身上还有一些东西,是我之前从未发现的——伸直的颈部所表现出的单纯的自信。她正儿八经地看着我,报以一个害羞的微笑。

"我看起来——还不错,是不是?"梅根说。

"不错?"我说,"不错这个词怎么够?走,出去吃晚饭,要是有哪个男人不回头看你,我才觉得奇怪呢!你会让所有女孩都黯然失色。"

梅根长得并不漂亮,但她与众不同,引人注目。她有个性。她走在我面前步入餐厅,领班马上朝我们走过来,我感到一阵愚蠢的自得,那感觉就像一个男人得到了一件与众不同的东西。

我们先点了杯鸡尾酒,细品慢酌了好一会儿,然后开始吃晚饭,最后又跳了舞。梅根热衷于跳舞,我不想让她失望,但不知为什么,我总觉得她不会跳得太好。没想到事实恰好相反,在我怀里的她轻得像根羽毛,身体和脚步完全配合着节拍。

"老天!"我说,"你居然会跳舞!"

她似乎有点意外。

"哦,我当然会,学校每星期都有舞蹈课。"

"想把舞跳好,可不是光靠学校里的舞蹈课就够了。"

我们回到桌旁坐下。

"这些食物美妙极了,不是吗?"梅根说,"还有其他的一切!"

她高兴地轻叹一口气。

"我有同感。"我说。

这是个令人狂喜的夜晚,我仍处于疯狂状态,直到梅根用怀疑的语气问了我一句话,才将我带回到现实。

"我们该回去了吗?"

我愣住了。哦,我肯定是疯了,忘得一干二净!我仿佛身处一个远离现实的世界,只和我所创造的东西共存着。

"老天!"我轻呼一声。

但我发现,最后一班火车已经开走了。

"你坐着别动,"我说,"我去打个电话。"

我打电话到卢埃林租车公司,订了他们那里最宽敞、跑得最快的车,要求他们尽快赶过来。

然后回到梅根身边。"最后一班火车已经开走了,"我说,"我们改搭汽车回去。"

"真的?好棒啊!"

她真是个好孩子,对一切都那么容易满足,不多问,不惹麻烦,欣然接受我所有的建议。

车来了,的确又宽敞,速度又快,但我们抵达林姆斯托克的时候仍然很晚了。

我的良心忽然感到一阵不安，于是说："他们或许已经派搜索队到处去找你了！"

梅根却表现得心平气和，有些茫然地说："哦，我想不会的，我常常一出门就不回去吃午饭。"

"可是，亲爱的孩子，你今天可是下午茶和晚饭都没回去吃呀。"

幸好，梅根受幸运之星庇护。辛明顿家漆黑一片，寂静无声。梅根要我开车绕到屋后，然后用石头敲洛丝住的那个房间的窗子。

不一会儿，洛丝出来了，看得出她尽力压抑着惊呼和颤抖，打开门让我们进去。

"哦，刚才我告诉他们你已经上床睡着了，主人和霍兰德小姐（说到'霍兰德小姐'时，她轻哼了一声）很早就吃完晚饭，出去兜风了。我答应照顾两个男孩。柯林一直在床上闹腾，我上楼去育婴室哄他时，好像听到你进门的声音了，可下楼来又没看到，就以为你去睡了。所以主人回来问起你，我就这么跟他说了。"

我打断她的话，说现在最好让梅根去睡觉。

"晚安，"梅根说，"真是太感谢你了，今天是我这辈子最美好的一天。"

坐车回家的路上，我仍然有点昏昏沉沉。最后赏了司机一大笔小费，并问他要不要在小弗兹留宿一夜，但是他更想连夜赶回去。

我们正交谈时，大门开了一道缝。司机一走，门立刻被用力拉开，乔安娜说："哈，你总算回来了，是不是？"

"你在替我担心？"我问，走进屋里，关上了门。

乔安娜走进起居室,我跟在她后面。三脚火炉架上放着咖啡壶,乔安娜给自己倒了些咖啡,我则弄了杯威士忌苏打。

"替你担心?不,当然不,我以为你决定在城里住一夜,狂欢一下。"

"的确可以说——我狂欢了一下。"

我先是微笑,后来忍不住大笑起来。

乔安娜问我笑什么,我便把这晚的经过告诉了她。

"哦,杰里,我看你一定是疯了——疯透了!"

"我想也是。"

"哦,我亲爱的小伙子,你实在不该做这种事——尤其是在这种地方。明天这个消息就会传遍整个林姆斯托克。"

"我相信会的,可梅根毕竟只是个孩子。"

"她不是,她二十岁了。你带着一个二十岁的女孩到伦敦,还替她买衣服,就别想躲开可怕的谣言。老天,杰里,你恐怕得娶那个女孩了。"

乔安娜半开玩笑、半认真地说。

这一刻,我忽然发现了一件很重要的事。"去他的!"我说,"就算真要我这么做,我也不介意。老实说——我反而很高兴。"

乔安娜脸上露出一种好笑的神情,她站起来淡淡地说:"是啊,我早就知道了……"说完走向门口。

剩下我一个人站在原地,手里握着玻璃杯,为我的新发现而惊恐不已。

第十二章

1

我不知道通常一个男人去求婚的时候会是什么感觉。

根据小说里的描述,男主角会唇干舌燥,觉得衣领太紧呼吸不畅,紧张到令人同情。

那种感觉我却一点都没有。我只觉得想到了一个好主意,并想尽快办妥它。我觉得没有什么不好意思的。

十一点左右,我来到辛明顿家。我按响门铃,是洛丝开的门,我说我找梅根。洛丝那种会意的眼神第一次让我觉得有点不好意思。

她把我安置在小起居室,我在里面等的时候,不安地希望他们没有打扰梅根。

门一打开,我立刻转过身来,并感到轻松了不少。梅根丝毫没有不安或害羞的神情。她的头发依旧闪着栗色的光芒,昨日的骄傲与自信风采也丝毫未减。身上虽穿着旧衣服,但她已使它们看起来完全不一样了。一个女孩在了解到自己的吸引力之后,会产生多么大的改变!我忽然意识到,梅根,已经长大了。

我想我当时一定很紧张,否则不会以一句"嗨!小鲶鱼"作为开场白。在这种情况下,这实在不像是爱人之间该有的问候语。

梅根却觉得很恰当,她笑起来,说:"嗨!"

"告诉我,"我说,"你没因为昨天的事挨骂吧?"

梅根用肯定的口气说:"哦,没有!"然后眨眨眼,暧昧不清地说,"好吧,我想也许有。我的意思是,他们说了很多,好像觉得我们很奇怪——不过你也知道这些人,就喜欢小题大做,大惊小怪。"

我很高兴梅根身上的厌世情绪完全消失不见了,仿如水顺着鸭蹼流走一般。

"我今天早上过来,"我说,"是想提出一项建议。你知道,我很喜欢你,我想你也喜欢我——"

"太喜欢了。"梅根热情得令人担忧。

"我们相处得非常好,所以我想,如果我们能结婚的话,一定很不错。"

"哦。"梅根说。她看起来很意外,不过仅仅如此,没有吓着,也不是震惊,就只是意外而已。

"你是说,你真的想娶我?"她的语气表示,她想把这一点确定清楚。

"这是我在这世界上最渴望做的一件事。"我说——确实如此。

"你是说,你爱上了我?"

"我爱上你了。"

她的眼神很平静,却很冷淡。她对我说:"我觉得你是这世界上最好的人——可是,我并没有爱上你。"

"我会使你爱我的。"

"那不行,我不希望被动地去爱一个人。"

她顿了顿,然后严肃地说:"我不是适合做你妻子的人,我更习惯被恨,而非被爱。"

她的语气中有一种奇怪的紧张。

我说:"恨不能持久,爱才是永恒的。"

"真的吗?"

"我相信是这样。"

我们沉默了一会儿,接着我说:"看起来,你的回答是不了?"

"是的。不。"

"甚至不鼓励我保留一点希望吗?"

"那样有什么好处呢?"

"的确没有好处。"我表示同意,"其实很多余。因为那样一来,我会一直等着,直到你给我肯定的答复。"

2

总之,结果就是这样。出门的时候我仍然有点晕,但我知道洛丝正在背后用无限好奇的眼神盯着我时,不禁很生气。

我还没来得及走掉,洛丝已经张嘴,滔滔不绝地说了起来。

说自从经历了那可怕的一天之后,她就再也没办法像以前那样了。要不是为了可怜的孩子和可怜的辛明顿先生,她肯定不会留下来。除非他们能尽快找到新的女佣——不过应该没那么简单,因为这里刚发生了一起谋杀案!霍兰德小姐说她可以帮忙家事,真是太好了。她很亲切,也很尽责——哦,没错,可那是因为她幻想着自己有一天能成为这个家的女主人!可怜的辛明顿先生,毫无察觉——不过也可以理解,鳏夫,可怜又无助,很容易成为一个有预谋的女人的战利品。若不是霍兰德小姐想取代死去女主人的位置，一切就不会发生。"

我机械地应和着她，一心急着走。可洛丝牢牢地抓着我的帽子，同时尽情倾吐心中的不满。

我不知道她的话到底是不是真的，埃尔西·霍兰德真的想成为第二任辛明顿太太吗？还是她只是个高贵而善良的女孩，尽力去照顾失去了妻子的主人？

不论是前者还是后者，结果可能都差不多。而且，又有何不可呢？辛明顿那两个较小的孩子需要一个母亲，埃尔西是适当的人选，她漂亮得让人起邪念——男人会欣赏这种女人——就连辛明顿这种人也不例外！

我想了这么多，我知道，只是希望能暂时忘掉梅根。

你或许会说，我是被愚蠢的自信冲昏了头，才会去向梅根求婚，被一口回绝也是自作自受——但事实并非完全如此。那是因为我自以为，并十分确信梅根完全属于我。认为照顾她、让她快乐，使她远离伤害，是上天赋予我的生活目标。而我以为她也有同样的感受，觉得我们属于彼此。

可我并不打算放弃。不！绝对不！梅根是我的女人，我一定要拥有她。

考虑了一会儿后，我去了辛明顿的办公室。梅根也许不在乎别人对她的责难，但我要把话说清楚。

辛明顿先生恰好有空，我被带进他的房间。辛明顿紧闭着嘴，看起来比平常更严肃，我想我可能来得不是时候。

"早，"我说，"我来找你不是为公事，而是一件私事。就开门见山地说吧，相信你已经发现了，我爱上梅根了。我向她求婚，但她拒绝了，不过我不会就这样放弃的。"

我发现辛明顿先生的表情变了,而且很容易猜到他在想什么。在他家,梅根是非常不协调的一分子。我相信他是个正直亲切的人,绝对不会抛弃死去妻子的女儿,但如果她能结婚,对他来说将是个解脱。冷冻的大比目鱼解冻了,他给了我一个苍白而谨慎的微笑。

"老实说,伯顿,我从来没想到会有这种事。我知道你很关照她,可我们一直把她当个孩子对待。"

"她已经不是个孩子了。"我简短地说。

"对,对,从年龄上来说当然不是。"

"只要给她机会,她随时都能表现得像这个年龄的人。"我仍然有点生气,"我知道她还没到二十一岁,但也就是一两个月的事。你需要了解我的什么信息,我都不会隐瞒。我很富有,作风正派,我会好好照顾她,并尽一切努力让她快乐。"

"是的——没错,不过,一切还要看梅根的意思。"

"她迟早会明白的,"我说,"我只是觉得应该先跟你把话说清楚。"

他表示感激,然后我们客客气气地道了别。

第十三章

1

事情总是在出人意料的时候发生。

正当我满脑子都是乔安娜和自己的感情问题时,却意外地在第二天早上接到了纳什的电话。"我们抓到她了,伯顿先生!"

我吓了一大跳,听筒几乎掉到地上。

"你是说——"

他打断我的话:"你旁边有人吗,会不会听到你说的话?"

"不会,我想应该不会——嗯,也许——"

我恍惚觉得通往厨房、贴着粗呢布的门被打开了一点。

"你方便来局里一趟吗?"

"好的,我马上过去。"

我迅速赶到警察局,被带进里面的一个房间,纳什和巴金斯警官都在。纳什满脸笑意。

"追踪了这么久,"他说,"总算有了结果。"

他拿起桌面上的一封信,这一回,内容也全部是用打字机打的。和以往那些信比起来,这封信算是相当客气的:

光是空想去取代一个死去女人的地位是没有用的,整个村子里的人都在笑话你。快点想办法脱身吧，不然就太迟了。这是对你的警告，别忘了那个女孩的遭遇，快点走远些。

信末还有些略带猥亵意味的字句。
"这封信是霍兰德小姐今天早上收到的。"纳什说。
"想想之前她一直没收到匿名信，真是好笑。"巴金斯警官说。
"谁写的？"我问。
纳什脸上的愉悦神色消退了一些。
他看起来很疲倦，也很担心。他冷静地对我说："我觉得很遗憾，因为这会给一个可敬的男人很大的打击。但事实就是事实，没准他早就起疑心了。"
"信是谁写的？"我又问了一次。
"艾米·格里菲斯小姐。"

2

那天下午，纳什和巴金斯带着逮捕令去了格里菲斯家。
在纳什的邀请下，我也一起去了。
"那位医生非常喜欢你，"他说，"他在这里没多少朋友，我想，如果不会给你带来太大麻烦的话，能不能请你陪他一起承担这个令人震惊的消息？"
我说我愿意去。我并不喜欢这份差事，但我想或许自己能帮点忙。
我们按响门铃，说想见格里菲斯小姐，然后被引进起居室。埃尔西·霍兰德、梅根和辛明顿正在喝下午茶。
纳什非常慎重。

他问艾米,可不可以私下跟她谈谈。

她站起身走向我们,我依稀看到她的眼里有一抹猎物被追逐时的神色,但很快就消失了,完全恢复成平常的热心态度。

"找我?希望不是我的车灯又出了毛病吧?"

她带头走出起居室,穿过客厅,来到一间小书房。

我关上起居室的门时,看到辛明顿的头猛然动了一下,我想一定是法律训练使他察觉到,纳什的神情里带着某种东西。他半直起身。

我只看到这些,就关上了门,跟在其他人身后。

纳什正在表述意见,他平静而准确地向她宣布,告诉她必须跟他走一趟。他拿出逮捕令,念给她听——

我记不确切那些法律名词了,总之罪名是写匿名信,而不是谋杀。

艾米·格里菲斯甩甩头,爆发出大笑。接着喊道:"真是荒唐透顶,竟然说我写了这些卑鄙的东西!你们一定是疯了,这种东西我从来没写过半个字。"

纳什已经把信给艾米·格里菲斯看过了,他说:"这么说,你否认写过这封信,对吗,格里菲斯小姐?"

即使她犹豫了一下,也只是很短的一瞬。

"当然!我从来没见过这封信。"

纳什平静地说:"我必须告诉你,格里菲斯小姐,有人看见你在前天晚上十一点到十一点半之间,去女子学院打了这封信。昨天,你手上拿着一沓信走进邮局——"

"我从没寄过这封信。"

"不错,你确实没有,你在等邮票的时候,趁人不注意故意把信掉在地板上,等某人毫不起疑地捡起来,寄出去。"

"我从没——"

这时门开了，辛明顿走进来，厉声问道："怎么回事，艾米？要是有什么不对，你应该找个法律代表。如果你希望我——"

她哭了起来，双手捂着脸，摇摇晃晃地走向一张椅子。她说："走开，迪克，你走。我不要你！不要你！"

"你需要一个律师，亲爱的姑娘。"

"不要你，我——我——受不了了，我不希望你知道——这一切。"

他也许明白了，安静地说："我会陪你到依克山普顿出庭，好吗？"

她点点头，低声啜泣着。

辛明顿走出去，在门廊上碰到了欧文·格里菲斯。

"怎么回事？"欧文粗暴地问，"我姐姐——"

"对不起，格里菲斯医生，我很抱歉，但我们别无选择。"

"你们认为她——应该对那些信负责？"

"恐怕毫无疑问，先生。"纳什说——他转身望着艾米，"你现在就得跟我们走，格里菲斯小姐。你知道，你随时可以请律师。"

欧文哭道："艾米？"

她迅速走过他身边，看都没看他。

她说："别跟我说话，什么都别说，看在上帝的分上，别那样看我！"

他们走了出去，欧文仍站在原地出神。

我等了一会儿，然后走近他说："要是有什么我帮得上忙的，格里菲斯，尽管告诉我。"

他像做梦似的说："艾米？我不相信。"

"也许是弄错了。"我轻声说。

他缓缓说:"要是真的,她绝对不会就这么接受。可我不相信,我绝对不相信!"

他跌坐进一把椅子,我弄了杯烈酒给他,他一口吞下去,看起来好了一些。

他说:"我只是一时没办法接受,现在已经没事了。谢谢你,伯顿,可这次你真的帮不上忙,任何人都帮不上。"

门开了,乔安娜走了进来,脸色苍白。

她走向欧文,望着我。

她说:"你出去,杰里,这是我的事。"

我走出房间时,看到她在他的椅子边跪了下来。

3

我一下子没办法完全说清楚接下来二十四小时所发生的事。这一天发生了太多的事——彼此不相关的事。

我记得乔安娜脸色苍白、疲惫不堪地回来,我试着让她高兴起来,她却说:"现在是谁想做救护天使了?"

她笑得好可怜,说:"他说他不需要我,杰里。他那么骄傲,那么坚强。"

我说:"我的女朋友也不要我……"

我们默默坐了一会儿,最后乔安娜说:"反正伯顿一家现在都没人要就是了!"

我说:"没关系的,亲爱的,我们还有彼此。"

乔安娜说:"不知怎么的,杰里,这句话现在不能给我什么安慰了……"

4

第二天，欧文来了，非常热心地称赞乔安娜。说她太好了，太了不起了！她那么愿意投入他的怀抱，愿意嫁给他——要是他高兴，他们马上就可以结婚。可他不能那么做。不，她太好了，他不能让她跟马上会在报上大肆渲染的新闻扯在一起。

我很喜欢乔安娜，知道她是个可以共患难的女人，我对他这些外在的粉饰烦透了，于是生气地告诉欧文，用不着他妈的这么高尚。

我走到大街上，发现每个人都在滔滔不绝地说个不停。艾米丽·巴顿说她从来没真正信任过艾米·格里菲斯。杂货店老板娘津津有味地告诉别人，她一直认为格里菲斯小姐眼里有一种奇怪的眼神——

纳什告诉我，他们早就怀疑艾米了。从她家里，又找出艾米丽·巴顿那本书被割下的部分——藏在楼梯下面的储物柜里，用一张旧壁纸包着。

"真是个藏东西的好地方，"纳什很欣赏地说，"谁也不知道用人什么时候会乱翻你的抽屉，可是，除非要再放东西进去，谁也不会去动那些塞满去年的网球和旧壁纸的小柜子。"

"这位女士好像对那个特别的地方很有兴趣。"我说。

"是的，犯罪者的脑筋通常没有太多的变化。说到那个死掉的女孩，我们还有一点事实可以作证。医生的诊所里少了一个大药杵，我敢打赌，她就是被那玩意儿敲昏的。"

"可那东西不好携带吧。"我反对道。

"格里菲斯小姐可不这么想。她那天下午要去团契，顺便送花和青菜到红十字会，所以随身带了个大篮子。"

"还没找到串肉钎？"

"没有，也许永远也找不到了。那个可怜的恶魔或许疯了，可是不会疯到留下沾有血迹的串肉钎，让我们随时可以找到作为证据。她只要洗干净，放回厨房抽屉就够了。"

"我想，"我总结道，"终归无法找到所有东西。"

牧师是最后才听到消息的，老马普尔小姐显然非常失望，她很热心地跟我谈起这件事。

"这不是真的，伯顿先生，我敢确定这不是真的。"

"恐怕千真万确。你知道，警方一直等着，他们甚至亲眼看到她打那封信了。"

"对，对——他们也许看到了。这一点我可以理解。"

"那些从书上割下来的部分，也在她家里找出来了。"

马普尔小姐凝视着我，然后用低沉的声音说："但是那太可怕了——真是太邪恶了。"

邓恩·卡尔斯罗普太太冲进来加入谈话，问道："怎么回事，简？"

马普尔无助地低声说："哦，亲爱的，哦，亲爱的，我们该怎么办呢？"

"你在担心什么，简？"

马普尔小姐说："一定有什么事。可是我既老又无知，而且恐怕还很笨。"

我觉得有点尴尬，幸好邓恩·卡尔斯罗普太太的朋友走开了。

那天下午，我又见到了马普尔小姐，那是在我回家的路上。

她站在村子尽头，靠近克里特太太小屋的桥边。她正在跟梅根聊天。

我很想见到梅根，已经盼望了一整天了。于是我加快脚步，可当我走到她们身边时，梅根却掉头走开了。

我觉得很生气，想要跟上去，但马普尔小姐拦住了我。

"我有话跟你说，"她说，"而且你现在不要去追梅根，不会有什么好处的。"

我正要大声反对，她放开我的手，说："那个女孩很有勇气，非常有勇气。"

我还是想去追梅根，但马普尔小姐说："现在不要去见她，我说的话不会错，她必须保持她的勇气。"

老太太的保证仿佛给了我某种鼓励，我觉得她似乎知道一些我所不知道的事。

我有点怕，却不知道怕什么。

我没有回家，回到大街上漫无目的地逛着。我不知道自己在等什么，也不知道自己在想什么……

可惜我被那个可怕、无聊的老阿普尔顿上校逮着了，他像以往一样，问候我美丽的妹妹，然后又说："听说那个格里菲斯的姐姐疯了，到底是怎么回事？他们说她是匿名信的主使人，是不是？我根本不相信，可大家都说是真的。"

我表示那是千真万确的事。

"哦，哦——不得不说咱们的警方真不错，只要给他们时间，没错，只要给他们时间。这种匿名信的事真是可笑——总是那种又瘦又干瘪的老女人干的好事——不过这个叫格里菲斯的女人，牙齿虽然长了一点，长相倒并不太难看。话说回来，这个地方除了辛明顿家的那个家庭女教师以外，也没几个看起来顺眼的女孩子。她倒值得看看，也是个讨人喜欢的女孩，人家替她做点小事，她都会非常感激。

"没多久以前,我碰到她带着那两个孩子出去野餐,两个孩子在旁边乱跑乱叫。她则在编织,因为线用完了,所以不大高兴。我说:'要不要我送你到林姆斯托克?我刚好要到那边办点事,十分钟就够了,然后可以再送你回来。'她对离开孩子们有点不安,我说:'不会有事的,谁会伤害他们呢?'于是她就搭我的便车去买毛线,后来又让我送她回来。就只有这么点小事,可她一直向我道谢,真是个好女孩。"

就在这时,我第三次看到了马普尔小姐,她正从警察局走出来。

5

一个人的恐怖到底是怎么产生的呢?是怎么形成的呢?恐怖冒出来之前,她躲藏在什么地方呢?

只是那么短的句子,可听过之后就一直忘不了。

"带我走——这里太可怕了——让人觉得好邪恶……"

梅根为什么这么说?她觉得什么东西邪恶呢?

辛明顿太太的死,不可能有什么让梅根觉得邪恶的地方。

那么,那孩子为什么觉得邪恶?为什么?为什么?

是不是因为她觉得自己多少有点责任?

梅根?不可能!梅根不可能跟那些信有任何关系——那些既可笑又猥亵的信。

欧文·格里菲斯在北方也碰到过这类案子——是个女学生……

格里夫斯巡官说过什么?

有关青春期的心理……

纯洁的中年妇女受到催眠之后,会说出她们几乎不可能知道的字眼，小男孩在墙上用粉笔乱涂……

不，不，不会是梅根。

遗传？劣根性？在不知不觉中继承了一些不正常的遗传？她的不幸，是她祖先的诅咒所造成的？

"我不是适合做你妻子的人，恨我要比爱我好。"

哦，我的梅根，我的小女孩。不会！绝对不会！那个老处女缠住你，她怀疑你，说你有勇气，有勇气做什么？

这只是心血来潮，很快就过去了，但是我想见梅根——迫切地想见她。

当晚九点半，我离开家走到街上，顺路到辛明顿家。

这时，我心里忽然起了一个新念头，想到一个没人怀疑过的女人。

（或许纳什也怀疑过她？）

不可能，太令人不敢相信了，直到今天，我还是认为不可能。可是，又不是这样，不，并非完全不可能。

我加快了脚步，因为我现在更迫切地想见到梅根了。

我穿过辛明顿家的大门，来到屋前。

这是个阴暗的夜晚，天上开始飘起小雨，能见度非常低。

我发现有个房间透出一道光线，是那个小起居室吗？

我迟疑了一会儿，决定不从前门进去，我换了个方向，悄悄爬到窗户边，躲在一棵大树下。

灯光是从窗帘的缝隙中透出来的，窗帘并没有完全拉上，很容易看到里面。

那是一幅很奇怪却又很安详的家庭画面：辛明顿坐在一张大摇椅里，埃尔西·霍兰德低头忙着补一件孩子的衬衣。

窗户半开着，所以我能听到他们的交谈。

埃尔西·霍兰德说:"可是,我真的认为那两个孩子都大得可以上寄宿学校了,辛明顿先生。不是因为我盼着他们离开,不,我实在太喜欢他们两个了。"

辛明顿说:"布莱恩或许可以,霍兰德小姐,我决定下学期就送他到我以前的大学预备学校温海斯去。不过柯林还小了点,我宁可让他在家里多待一年。"

"哦,当然,我了解你的意思,而且柯林的心理还比实际年龄更小——"

完全是家常对话——安详的家庭景象——那一头金发又埋首于针线中。

门突然开了,梅根笔直地站在门口。

我立刻发觉她带着紧张的情绪。她紧绷着脸,两眼闪闪发光、坚定有神。今晚,她一点都不显得害羞和孩子气。

她在对辛明顿说话,却没有叫他。(我忽然想起,从来没听到她叫他,她到底叫他爸爸?迪克?还是其他什么呢?)

"我想单独跟你谈一下。"

辛明顿似乎很意外,也不大高兴。他皱皱眉,但梅根带着一种少有的坚定态度。

她转身对埃尔西·霍兰德说:"你不介意离开一下吧,埃尔西?"

"哦,当然不。"埃尔西·霍兰德跳起来,看起来非常吃惊,还有些恐慌。

她走到门口,梅根向前走了一步,埃尔西从她身边走过。

有那么一会,埃尔西一动不动地站在门口,看着前面。

她紧闭着嘴,身子挺直,一只手向前伸出,另外一只手拿着她的针线活儿。

我屏住呼吸,突然被她的美震慑住。

现在我一想到她,就想到她当时的模样——纹丝不动地站着,带着那种只有古希腊神话中才有的无与伦比的完美造型。

然后她走出去,把门关上了。

辛明顿略带烦躁地说:"好了,梅根,有什么事?你想要什么?"

梅根走到桌边,站着俯视辛明顿。我又一次被她脸上那种坚定,以及我从没见过的严肃表情吓了一跳。

接着她开口说了一句话,更把我吓坏了。

"我要钱。"她说。

辛明顿的火气并没有因为她的要求而平息,他严厉地说:"不能等到明天吗?怎么搞的?你的零用钱还不够吗?"

即便在当时,我仍然认为他是个讲理而公平的人,只是不太理会别人情绪上的要求。

梅根说:"我要一大笔钱。"

辛明顿坐直身子,冷冷地说:"再过几个月,你就成年了,公共信托会就会把你祖母给你的钱转交给你。"

梅根说:"你还不明白我的意思,我是问你要钱。"她继续更快地说,"没人跟我多说我的父亲,他们都不希望我了解他,可我知道他坐过牢,也知道是什么原因——勒索!"

她顿了顿,又说:"我是他的女儿,也许有其父必有其女。不过,我向你要钱是因为,如果你不给我的话——"她停下来,缓慢平静地说,"如果你不给我,我就说出那天你在母亲的房间,在药包上动手脚的事。"

沉默了一会儿,辛明顿用毫无感情的声音说:"我不知道你在说什么。"

她笑了笑,那不是个善意的微笑。

辛明顿站起来,走向写字台,从口袋里拿出支票簿,开了张支票,小心地把墨迹弄干,然后走回来交给梅根。

"你长大了,"他说,"我知道你想买些衣服之类的东西。我不知道你指的是什么,也不在乎,不过这是给你的支票。"

梅根看看支票,然后说:"谢谢你,这样可以打发一些日子。"

她转身走出房间,辛明顿看着她走出去。门关上之后,他转身过来,我看到他脸上的表情,不禁迅速上前一步。

就在这时,我发现身边的另一棵树动了一下,纳什督察用手抓住我,他的声音在我的耳边响起:"安静,伯顿,看在老天的分上,安静点。"

接着,他拉住我,非常小心地往后退。

走到屋子转角处他才站直身子,抹了抹额上的汗。

"当然,"他说,"你总是及时地捣蛋。"

"那个女孩不安全,"我着急地说,"你看到他脸上的表情没有?我们一定要把她带离这个地方。"

纳什用力抓住我的手臂。

"你好好听着,伯顿先生。"

6

是的,我在听他说话。

我并不喜欢那么做——但我还是听了他的意见。

但我坚持要在现场,发誓绝对服从命令。

于是,我跟纳什、巴金斯一起,从打开的后门走进屋里。

我跟纳什躲在楼上窗边的天鹅绒窗帘后面。

两点整,辛明顿的房门开了,他经过楼梯口,走进梅根的房间。

我一动也没动,因为我知道巴金斯警官在梅根门背后,我知道巴金斯是个好人,了解他的工作,也知道自己没办法保持安静、不发出任何声音。

我等着,心脏狂跳。接着我看到辛明顿抱着梅根走出来,一直走到楼下。纳什和我小心翼翼地跟在后面。

他抱她穿过房间,走进厨房,然后把她的头放在瓦斯炉边。他刚打开瓦斯,我和纳什就冲进了厨房,打开电灯。

理查德·辛明顿就这么完了,他完全崩溃了。我关上瓦斯,拉起梅根的那一刻,就知道他崩溃了。他丝毫没有多挣扎,因为他知道自己已经打出了最后一张牌。

7

我把梅根带到楼上的房间,在床边等她醒过来,不时咒骂纳什两声。

"你怎么知道她能安全脱身?这样做太危险了。"

纳什用安慰的语气说:"他只是在她每晚入睡前喝的牛奶里加了点安眠药,没别的了。他不敢冒险用毒药,特别是在格里菲斯小姐被捕之后,他以为一切都结束了,这时不能再有任何离奇死亡事件发生。不能用暴力,也不能下毒,不过要是一个不太快乐的女孩,因为母亲的自杀而郁郁寡欢,最后只能将头伸到瓦斯炉里——那么,人们顶多会说她本来就不大正常,母亲的死又使她震惊不已,终于走上了死路。"

我看着梅根说:"这么久了,她还没醒过来。"

"你没听到格里菲斯医生的话吗?心脏和脉搏都很正常——她只是睡一觉,然后就会自然醒来。他说他也常给病人吃这种药。"

梅根动了动,喃喃地说了些什么。

纳什督察识趣地离开了房间。

梅根立刻张开眼睛。"杰里。"

"嗨,亲爱的。"

"我做得好不好?"

"你大概自打出生就靠勒索过日子的吧?"

梅根又闭上了眼睛,然后低声说:"昨天晚上,我本来要写信给你——我怕万一发生什么事,可我实在太困了,没有写完,信就在那边。"

我走到写字台边,在一本旧笔记本里找出梅根没写完的信。

信以"我最亲爱的杰里"开头:

我正在看以前课本里的一篇莎士比亚的十四行诗:
"你对我而言,
就像生命少不了食物,
土地少不了甜美的雨水。"
我发现,我还是爱你的,这是我当下的感受……

第十四章

"你看,"邓恩·卡尔斯罗普太太说,"我请来这位专家没错吧。"

我凝视着她。我们都在牧师住宅,外面下着大雨,屋里升着温暖的火。邓恩·卡尔斯罗普太太在屋子里转了一圈,拍打着一个沙发垫走过来,不知为什么将它放在了钢琴上面。

"是吗?"我惊讶地问,"是谁?他做了什么?"

"不是他。"邓恩·卡尔斯罗普太太说。

她指着马普尔小姐,指尖似乎带起一阵风。马普尔小姐已经完成了手上的编织活儿,现在正拿着一支钩针和一团棉线。

"那就是我的专家,"邓恩·卡尔斯罗普太太说,"简·马普尔。好好看看她,我告诉过你,她比我所认识的任何人都了解人性中的邪恶。"

"我想你不该这么说,亲爱的。"马普尔小姐嘟囔道。

"可是你本来就是嘛。"

"只要常年住在乡下,就能了解到很多人性。"马普尔小姐平静地说。

接着,她仿佛知道别人都在期待她说点什么似的,放下编织物,发表了一段老小姐对谋杀案的看法。

"碰到这种案子,最重要的是要保持开阔的心胸。你知道,大多数犯罪都简单得可笑,这起案子也一样。很理智,很直接,而且很容易了解——当然,方式不太愉快。"

"太不愉快了!"

"但事实非常明显。你都看到了,你肯定知道,伯顿先生。"

"我没有啊。"

"不,你发觉了,并向我指出了整个事实。你把每件事彼此之间的关系都看得非常清楚,只是没有足够的自信,看不出那些感觉代表什么意义。首先是那句讨人厌的成语'无火不生烟',它惹火了你,你直截了当地想到'烟幕'这个名词,可是找错了方向——每个人都弄错了方向,总想着匿名信,可问题是,根本就没有什么匿名信!"

"不,亲爱的马普尔小姐,我可以向你保证有,我就收到过一封。"

"哦,没错,可那不是真的,亲爱的莫德听了都颤抖不已。即使在平静的林姆斯托克,也不免有很多丑闻,我可以保证,住在这个地方的每个女人都知道这些丑闻,并可能加以利用。但男人不像女人那样对闲言碎语感兴趣——尤其是辛明顿先生那么公平明理的人。如果匿名信是女人写的,一定会更尖刻。

"所以你看,如果你不去理'烟',而直接找'火',就会找到答案了。只要想想发生的事实,把匿名信放在一边不管,就会发现,其实只发生了一件事——辛明顿太太死了。

"那么,我们就会想到,谁可能希望辛明顿太太死呢?当然,碰到这种案子,首先被怀疑的对象就是她的丈夫,这时我们又会自问:为什么呢?有什么动机呢?——譬如说,是不是有另一个女人呢?

"事实上，我所听到的第一个消息就是，辛明顿家里有位年轻漂亮的女家庭老师。所以，事情就很明显了，不是吗？辛明顿是个相当冷静理智的男人，一直被一个神经质的、喋喋不休的妻子困扰，突然之间，来了个年轻又吸引人的女人。

"我知道，男人到了某种年纪，如果再次恋爱，就会变得相当疯狂。就我所知，辛明顿先生从来都不是个真正的好人——他既不亲切，也不重感情，而且没有同情心。他所有的特性全都是不好的一面，所以他并没有真正的力量压制内心的疯狂。在这种情况下，只有他的太太死了，才能解决所有问题。他希望娶那个女孩，她是个可敬的女孩，他也很可敬，而且非常爱孩子，不想放弃他们。他什么都想要：家庭、孩子、受人尊敬，还有埃尔西。于是，他就必须付出谋杀这个代价。

"我想，他确实选择了一个非常聪明的方式。从以往处理的案件中，他得知，要是妻子意外死亡，旁人很快就会怀疑到丈夫。于是他想出了一个办法，让案子看起来像是起因于另一件事——他创造出一个实际上并不存在的匿名信作者。他聪明的地方在于，他知道警方一定会怀疑到女人身上——不过警方这么怀疑也没错，那些信确实全都出自一个女人之手，是抄袭格里菲斯医生告诉他的去年发生的一件匿名信案子。我倒不是说他傻到逐字逐句抄下来，他只是把其中的句子混合起来，结果，自然就形成了一个受压制、半疯狂的女人的心理。

"他对警方的一切伎俩都熟悉得很：什么笔迹，打字测试笔，等等。为了这次犯罪，他已经准备了好长一段时间，在把打字机送给女子学院之前，他就把所有信都打好了。而且可能在很久以前到小弗兹作客时，就割下了那本书上的某几页。他知道，一般人很少打开布道书看。

"最后,当他把那枝虚有的'毒笔'在人们心中建立起形象之后,就着手实施真正的计划了。一个晴朗的下午,他知道家庭教师、孩子们,以及他的继女都会外出,同时这天也是用人们的假日,可惜他没想到小女佣安格妮斯会跟男朋友吵架,没多久又回到了家里。"

乔安娜问:"你知道她到底看到了什么吗?"

"我不知道,只能瞎猜,在我看来,她什么都没看到。"

"那么,那只是个骗局?"

"不,不,亲爱的,我是说,她整个下午都站在餐具室窗口向外望,等她的男朋友来道歉——但是,事实上,她什么都没看到。因为当天下午根本没有人走进辛明顿家,不管是邮差还是任何人。

"过了一段时间她才发觉事情有点奇怪,因为辛明顿太太当天下午确实收到了一封匿名信。"

"你是说,其实她没收到?"我困惑地问。

"当然没有!我说过,这个案子非常简单,她丈夫只是把氰化物放在药包的最上面,等着她吃过午饭之后服药时自己吃下去就够了。辛明顿只要赶在埃尔西·霍兰德回家之前到家——同时到家也行——然后叫他太太几声,听不到回音就上楼到她的房间,往她用来吃药的玻璃杯里滴上一滴氰化物,把匿名信揉成一团丢进壁炉,并在她手里塞张纸条,写着:'我实在没办法活下去了。'这就够了。"

马普尔小姐看着我,接着说:"还有一点你说得很对,伯顿先生。留一张纸条太奇怪了,要自杀的人不会在一张小纸条上写遗言,他们会用一张大纸——而且通常会放进信封里。是的,留一张纸条太离谱了,而你早就想到了这一点。"

"你把我说得太厉害了,"我说,"其实我什么都不知道。"

"不,你知道,伯顿先生,不然你为什么会对令妹留在电话旁边的纸条念念不忘呢?"

我缓缓重复道:"'告诉他我星期五实在没办法去'——我懂了!'我实在没办法活下去了。'"①

马普尔小姐冲我微笑。

"对极了,辛明顿先生偶然看到太太写的字,便想到了这个主意。于是他把需要的部分撕下来,等待适当的时机。"

"我还有什么聪明之处吗?"我问。

马普尔小姐冲我眨眨眼。

"你知道,是你引导我走对路的,你替我把事情综合了起来,还告诉了我一件最重要的事——埃尔西·霍兰德从来没收到过匿名信。"

"你知道吗,"我说,"昨天晚上我还在想,也许匿名信就是她写的,所以她才没有收到过。"

"哦,老天,不会……写匿名信的人通常都会给自己也寄一封——我想,是因为那样能让她感到兴奋。不,不,吸引我的是另一个原因,那是……嗯,辛明顿先生的一个弱点,他没办法写那种愚蠢的信给他所爱的女孩。这是一种有趣的人性表现——可以说是他的优点,但也是他露出马脚的原因。"

乔安娜说:"安格妮斯也是他杀的?可是没有那个必要啊?"

"也许没有,可是亲爱的,你不知道(确实没必要杀任何人),但你的这些判断是从事实往后推的,所以一切看起来都有些夸大。不用说,他一定听到那个女孩打电话给帕特里奇,说自

---

①乔安娜的留言原文为"I can't go on Friday.",辛明顿夫人的遗言原文为"I can't go on.",因此很容易联想到一起。

从辛明顿太太死后自己就一直很担心,因为有件事想不明白。他不能冒险——这个傻孩子看到了什么,知道了什么。"

"可他那天下午不是一直都在办公室里吗?"

"我想他在出门之前就杀了那个女孩,霍兰德小姐不是在餐厅就是在厨房,他只要走进大厅,关上大门,别人就会以为他去上班了。然后他再悄悄溜进小衣帽间。等到只剩下安格妮斯一个人在家的时候,他可能按响了门铃,再迅速溜回衣帽间。趁她去开门时,从后面把她打昏,并用串肉钎刺死她,再把尸体塞进柜子。之后匆匆忙忙赶到办公室。如果有人注意的话,会发现他迟到了一些,或许根本没人注意。你知道,那时没人去怀疑一个男人。"

"真是太残忍了。"邓恩·卡尔斯罗普太太说。

"你不替他感到难过吗,邓恩·卡尔斯罗普太太?"我问。

"没什么特别的感觉。为什么我要为他难过?"

乔安娜说:"艾米·格里菲斯又是怎么回事呢?我知道警方找到了从欧文诊所里拿出来的大药杵——还有串肉钎。我想一个男人要把这些东西放回到厨房的抽屉里其实并不容易,你们猜猜看,它们现在在什么地方?我刚才来的时候碰到纳什,他告诉了我。在辛明顿办公室一个废弃的档案柜里,之前是已故的加斯珀·哈灵顿-魏斯特爵士的财产资料柜。"

"可怜的加斯珀,"邓恩·卡尔斯罗普太太说,"他是我堂兄,那么一个正直的老先生,要是他地下有知,肯定得打一个激灵。"

"居然留着那些东西,这不是太疯狂了吗?"我问。

"也许丢掉那些东西更疯狂,"邓恩·卡尔斯罗普太太说,"谁都没怀疑到辛明顿身上。"

"他不是用药杵击昏她的,"乔安娜说,"那个柜子里还有一个钟摆,上面有头发和血迹。他们猜他是在艾米被捕那天偷走那个药杵的,并把割下来的书页藏在她家。这么一来,就又回到我刚才的问题:艾米·格里菲斯是怎么回事,警方不是看到她打那封信了吗?"

"对,没错,"马普尔小姐说,"她确实打了那封信。"

"为什么?"

"哦,亲爱的,你一定知道格里菲斯小姐爱着辛明顿吧?"

"可怜的姑娘!"邓恩·卡尔斯罗普太太面无表情地说。

"他们一直是好朋友,我敢说,她以为辛明顿太太死了,也许有一天——嗯——"马普尔小姐轻咳了一声,又说,"可是后来大家都聊起埃尔西·霍兰德跟辛明顿的谣言,我想她可能感到很不安,认为那个女孩是个狡猾的风骚女子,伺机钻进辛明顿的感情裂缝中,这种女人,根本配不上他。就这样,她忍不住心里的诱惑。何不利用匿名信把那个女孩从这个地方吓走呢?她一定认为这样做很安全,于是她做了,并做了一切预防措施。"

"哦?"乔安娜说,"请继续说下去。"

"我可以想象,"马普尔小姐缓缓地说,"霍兰德小姐把那封信拿给辛明顿看的时候,他一定马上就知道是谁写的了,于是他想出一个一了百了的方法,让自己能永远安心。这方法不大好,可是你知道,他心里非常害怕,警方不找到匿名信的作者,就绝对不会善罢甘休。他把信拿到警察局时,发现警方已经看到艾米打那封信了,觉得自己碰到了千载难逢的机会,正好可以了结这件事。

"那天下午,他带着全家人到艾米·格里菲斯家喝下午茶。他是从办公室出发的,带了个手提箱,可以轻易地把割下来的书页带去,藏在楼梯下面的柜子里,为这个案子提供更多证据,加速解决。把书页藏在那个地方是一步聪明的棋，让人想起凶手处理安格妮斯尸体的方式，而且这么做非常方便。他跟在艾米和警察后面，只要利用经过大厅的一两分钟就够了。"

"不过，"我说，"有一件事我还是不能原谅你，马普尔小姐——骗梅根上钩。"

马普尔小姐放下手中的编织物，从眼镜后面望着我，眼神严肃。

"亲爱的年轻人，我们一定得做点什么，我们手中没有任何对这个聪明狂妄的凶手不利的证据，我需要一个非常勇敢且聪明的人帮忙，最后我终于找到了。"

"可那对她而言非常危险。"

"对，是很危险，可是伯顿先生，我们生在这个世界上，就不能眼睁睁地看着无辜的生命遭遇危险，你知道吗？"

我知道。

第十五章

高街上的早晨。

艾米丽·巴顿小姐带着她的购物袋从杂货店里走出来,双颊微红,双眼闪耀着兴奋的光芒。

"哦,老天,伯顿先生,我真有点不安,想想看,我终于要搭飞机去旅行了。"

"祝你玩得愉快。"

"哦,我相信会的。我以前从来不敢想象一个人坐飞机去玩,可看起来一切都那么顺利,像有神明保佑似的。很久以前我就觉得应该离开小弗兹,可我的经济状况实在太窘困了,又受不了让陌生人住那个地方。

"现在可好了,你把那个地方买下了,准备跟梅根一起住,那就完全不同了。亲爱的艾米在经过这次痛苦之后一时不知该做什么好,加上她弟弟要结婚了(想到你们兄妹俩都要在这里定居,和我们一起,真是太好了),所以答应跟我一起去,我真是太高兴了!我们可能要离开好长一段时间,甚至说不定会——"艾米丽压低声音说,"环游世界!艾米那么好,又那么实际。我真的觉得一切都太好了,你不这么认为吗?"

那一瞬间,我忽然想起埋在教堂墓地里的辛明顿太太和安格妮斯,不知道她们同不同意艾米丽小姐的话?但我又想起安格妮斯的男朋友并没有那么喜欢她,辛明顿太太对梅根又不大好,所以,一切又有什么关系呢?总有一天,我们全都会走上黄泉路!

于是我表示同意"快乐的艾米丽小姐"的看法,世界上的一切都很美好。

我沿着高街向前走,到了辛明顿家,梅根出来迎接我。

这一幕并不浪漫,因为一只巨大的英国牧羊犬跟在梅根身边跑过来,我差点被过分热情的它撞倒。

"这只狗真可爱,不是吗?"梅根说。

"就是有点热情过度,它是我们的吗?"

"对,是乔安娜送的结婚礼物。我们已经有很多很好的结婚礼物了,对不对?马普尔小姐送我们的那个不知道用来干什么的毛织品、派伊先生送的可爱的克朗德比茶具,还有埃尔西送我的烤面包架——"

"多有代表性啊。"我插嘴道。

"而且,她在牙医那儿找到了一份工作,非常高兴。还有——我刚才说到哪儿了?"

"许许多多的结婚礼物,别忘了,你要是改变主意的话,我还得把那些东西都送回去。"

"我不会改变主意的。还有什么礼物?哦,对了,邓恩·卡尔斯罗普太太送我们了一个古埃及的蟑螂雕像。"

"有创意的女人!"我说。

"哦!哦!你还不知道最好的一件事呢!帕特里奇也送了我一样礼物,你一定没见过那么可怕的茶几布。不过我相信她现在一定很喜欢我了,因为她说那张桌布是她亲手绣的。"

"我想上面的图案大概是一些酸葡萄跟蓟花吧?"

"不,是情人结。"

"上帝啊,老天爷,"我说,"帕特里奇终于开窍了。"

梅根把我拉进屋里。

她说:"但还有一件事我不明白,除了那条狗要用的颈圈和铁链之外,乔安娜又送了我一副颈圈和铁链,那是做什么用的?"

"那个啊,"我说,"那只是乔安娜开的一个小玩笑。"

The Moving Finger
Copyright © 1942 Agatha Christie Limited. All rights reserved.
Letter for Chinese Reader, New Star Edition by Mathew Prichard © 2013 Mathew Prichard.
Translation © 2023 arranged by New Star Press, Agatha Christie Limited. All rights reserved.
www.agathachristie.com
The Marple icon is a trademark, and AGATHA CHRISTIE, Marple, *Agatha Christie* and the AC Monogram Logo are registered trade marks of Agatha Christie Limited in the UK and elsewhere. All rights reserved.
Published by agreement with ACL.
Simplified Chinese edition copyright: 2023 New Star Press Co., Ltd.

图书在版编目（CIP）数据

魔手 /（英）阿加莎·克里斯蒂著；程星星译 . —— 北京：新星出版社，2023.6
（阿加莎·克里斯蒂侦探小说全集：精装典藏版）
ISBN 978-7-5133-4914-7

Ⅰ . ①魔… Ⅱ . ①阿… ②程… Ⅲ . ①侦探小说 – 英国 – 现代 Ⅳ . ① I561.45

中国国家版本馆 CIP 数据核字 (2023) 第 055698 号

午夜文库
m
谢刚 主持